不埋没一本好书，不错过一个爱书人

彩虹几度

川端康成经典辑丛

Kawabata
Yasunari

川端康成 著

高慧勤 魏大海 主编
赵德远 译

金城出版社
GOLD WALL PRESS
·北京·

图书在版编目（CIP）数据

彩虹几度/（日）川端康成著；赵德远译.—北京：金城出版社有限公司，2023.3
（川端康成经典辑丛/高慧勤，魏大海主编）
ISBN 978-7-5155-2384-2

Ⅰ.①彩… Ⅱ.①川… ②赵… Ⅲ.①中篇小说—日本—现代 Ⅳ.①I313.45

中国版本图书馆CIP数据核字（2022）第207021号

川端康成经典辑丛：彩虹几度

作　　者	〔日〕川端康成
主　　编	高慧勤　魏大海
译　　者	赵德远
责任编辑	杨　超
责任校对	彭洪清
责任印制	李仕杰
文字编辑	叶双溢
开　　本	880毫米×1230毫米　1/32
印　　张	6.5
字　　数	151千字
版　　次	2023年3月第1版
印　　次	2023年3月第1次印刷
印　　刷	天津丰富彩艺印刷有限公司
书　　号	ISBN 978-7-5155-2384-2
定　　价	48.00元

出版发行	金城出版社有限公司　北京市朝阳区利泽东二路3号　邮政编码：100102
发 行 部	（010）84254364
编 辑 部	（010）64214534
总 编 室	（010）64228516
网　　址	http://www.jccb.com.cn
电子邮箱	jinchengchuban@163.com
法律顾问	北京市安理律师事务所　（电话）18911105819

目录

冬天的彩虹__001

梦的痕迹__015

火红的颜色__030

京都的春天__045

黑山茶__056

花的篝火__074

桂宫__090

生命之桥__104

银乳房__117

耳后__132

彩虹画面__146

秋叶__160

河岸边__173

彩虹之路__187

冬天的彩虹

一

麻子看到，琵琶湖对岸升起了一道彩虹。

此时列车已驶过彦根，正在开往米原的途中。时候已是年底，车上乘客不多。

那条彩虹是什么时候升起来的呢？简直就像从麻子正隔窗眺望的湖面上一下子冒出来似的。

麻子对面的男子也发现了彩虹，一面把婴儿抱着举向车窗，一面说：

"宝宝，乖宝宝，彩虹，彩虹！快瞧，快瞧，彩虹出来了！"

本来是可以坐四个人的座位，从京都起就只有麻子和这个男子二人各占一边。那男子还带着一个婴儿，实际上是三个人。

麻子一直靠车窗坐着。那男子则坐在靠中间过道一侧，列车驶出东山隧道以后，他就让孩子睡到座位上，以自己的腿当枕头。

"有点高。"那男子嘴里嘟囔了一句，便动手叠起了大衣。

麻子心里嘀咕："他能叠成婴儿被褥的样子吗？"谁知那男子竟叠得蛮不错。

将叠好的大衣铺在孩子身下，这样枕在腿上就不显得高了。婴儿身上裹着柔软的花毛巾被，不停地晃着两只小胳膊，仰着脸望着爸爸。

麻子在上车前就瞧见这男人了，看样子是他独自带着婴儿出外旅行。当坐到对面座位上时，麻子想到自己也许会帮上点忙。

那男子怀抱婴儿冲着彩虹，口里朝麻子说道：

"冬天里难得见到彩虹呢！"

"是吗？"搭话来得很突然，麻子一时不知该如何回答是好。

"不，也不能完全这么说。不能说见到它就那么难。"男子自己否定了自己的意见，"前面就要到米原了，从米原岔出去的北陆线——那时候火车刚好和现在相反，是从金泽向米原行驶，再一直开到京都，我在车上就看到过好几次彩虹。北陆线上彩虹多着哩！那些彩虹都很小，而且都很好看。常常是一钻出山洞就会看到小山包上悬着一道彩虹，或者是眼前出现大海时，从山丘到海滩上挂着一道彩虹。这是三四年前的事，几月份忘了，反正是冬天，因为当时天很冷，金泽那里正稀稀拉拉地下着小米粒大小的雪呢！"

麻子暗自猜道：眼前这个人难道那时候也是抱着婴儿在赶路么？

"可是，一见到彩虹，就感到是春夏之交了。"

"嗯，那些彩色不是冬天嘛。"

"您现在也是从米原到金泽去么？"

"现在吗？"

"嗯。"

"今天是回东京。"

婴儿将两只小手伸到车窗玻璃上。

"小宝宝能知道彩虹吗？您还让她看……"麻子说出了一开始

就在心里画的问号。

"是啊，怎么说好呢？"男子也陷入了思索，"恐怕是不知道吧！肯定还不懂呢。"

"还是能看见的吧？"

"应该是能看见的。不过，这也——襁褓中的婴儿是不往远处瞧的，也不会往心里去。没有必要瞧。这么小的婴儿恐怕还没有遥远的时空观念吧！"

"几个月了？……"

"满九个月了。"明确回答之后，男子随即将婴儿抱着转向麻子这边，"给小宝宝看彩虹什么的也没用呀！旁边的大姐姐训咱们了。"

"哎呀！那怎么能说是训？……这么小的时候就能让父亲抱着坐火车看彩虹，我觉得真是太幸福了！"

"这么小的孩子是不会有记忆的。"

"父亲记住，再讲给她听就行了嘛。"

"这倒是个好主意。反正这孩子长大后还会经常在东海道往返的。"

婴儿两眼望着麻子，小脸蛋上挂着微笑。

"不过，即使这孩子将来会多次从东海道经过，但究竟能不能再次看到琵琶湖上出现彩虹，那可就难说啦！"男子继续说道，"您提到幸福二字，我也略有同感。现在正是新的一年快要到来的时候，看到一条长长的彩虹，我们这些成年人就会想到明年是个好年头，或者觉得会有好运降到自己身上。"

"是的。"麻子心里也有同感。

看到湖对面的彩虹，麻子的心已完全被它陶醉了。仿佛产生了一种想到那彩虹升起的地方去生活一辈子的念头。眼下最实际的目标则是，真想到对岸升起彩虹的那一带地方去旅行一趟。虽说麻子经常坐火车从这里经过，但却从来没考虑过琵琶湖对岸的问题。尽管东海道线上旅客量很大，到湖对面去的人却不是很多。

彩虹挂在湖面的右上方，麻子竟情不自禁地觉得火车好像正在朝那个方向驶去。

对面的男子说道：

"湖岸这一带的地里大多种着油菜和紫云英，春天开花的时候若是再升起一道彩虹，那才真叫人有种幸福感呢！"

"肯定是一幅名副其实的美景了。"麻子应道。

"不过，冬天的彩虹总是有点不大吉利。就好像热带的花朵在寒带开放，跟'废帝之恋'相去无几啦！因为说不定在彩虹的根部一下子就断开了……"

事实刚好被男子言中，彩虹已经从根部断开了。只有靠下根的部分还露在外面，上面的部分已经消失在云端里。

看上去要下雪的乌云在天空中翻滚，湖面已被笼罩在阴影里。浓重的乌云还向对岸压去，齐刷刷地停在离地面很低的地方，岸边露出一条明亮的光带。微弱的日光透过那条光带照在靠近对岸的湖面上。

彩虹此刻就立在那条光带里。

几乎是垂直立在那里的。也许是由于只有下根部分露在外面的缘故，看上去显得格外的粗，若照这个样子沿弓形弧线描绘出来的话，肯定是一条硕大无比的彩虹。这张弓的另一端也将会跨得很远很远。不消说，露在外面的只是一端的根部。

说是"根部"，其实彩虹是没有根的，是浮在空中的。尽管如此，倘若仔细观察，那彩虹给人的印象既好像是从岸这边的湖水里冒出来的，又仿佛是从对岸陆地上升起来的。彩虹的顶部究竟是在云下边消失的呢，还是消失在乌云里面了呢？一时很难判断。

然而，在临近消失的边缘处，飘浮在那一带的彩虹却越发显得鲜艳分明了。彩虹宛若绚丽多姿的哀怨，呼喊着云朵往天空中升去。在目不斜视的观察过程中，麻子心里愈来愈强烈地产生了这样一种感受。

云也还是那样的云。高处仍是铅一般的阴沉，垂向对岸边缘的是一团团仿佛随时都会卷回去的浓重的云朵，而且都纹丝不动地悬在那里。

在抵达米原之前，彩虹便看不见了。

男子从行李架上取下旅行皮包。

里面好像全是婴儿的东西。连尿布也是一块块叠得整整齐齐装进去的。还露出了粉红色的用来替换的小衣服。

看上去男子似乎是想换尿布，因此麻子便略探过身去迟迟疑疑地说道：

"……我来吧？"

本想说"我来帮忙"的，话到嘴边却没有出口。因为这样讲不大合适。

"不，对小姐您来说……"男子头也没回地说，"我已经习惯了。"

只见他把报纸放到暖气管上，又在上面放了一块新尿布。

"啊！"麻子深感佩服。

"大概是习惯成自然了。"男子笑道，"您做过吗？"

"没有。不过在学校里学过。"

"学校？啊，那种地方呀！"

"我也会的。经常看到人家在做，更何况我还是女的……"

"这么说，您也许会吧！现在嘛，简直是陷入令人讨厌的地步啦！"

男子摸了一下暖气管上的尿布。

麻子发现，旅行皮包上有一张写着"大谷"二字的名签。

大谷确实是驾轻就熟。在小女孩的两条小腿之间轻轻地擦了几次。麻子脸上泛出红晕，将视线移到了别处。大谷将用过的尿布卷好后，掀起婴儿的屁股，十分娴熟地换上一块新尿布。将罩衣扣子扣好。

"真熟练啊！"

对面一位乘客说道。座位上能看到的人都在看着大谷。

大谷用毛巾被把婴儿裹好，将湿尿布装到胶皮袋里，然后从皮包角落里取出一个类似大化妆匣子的东西。是皮质的，皮匣里有个铁盒，铁盒里装着暖水瓶和带刻度的奶瓶。

旅行皮包分成三格，一头放奶瓶之类的，中间是干尿布和换洗的衣物，另一头便是胶皮袋。

麻了在深感佩服之余，不禁有些同情起来。

然而，麻子仍面带微笑地在看婴儿喝奶。

"在您面前丢丑了。"大谷说道。

麻子连忙摇头道：

"哪里的话！我觉得您真能干……"

"这孩子的母亲在京都，所以……"

"噢……"

是母亲跟这位父亲离婚了吗？这种事情麻子不好开口去问。

大谷看上去有三十岁左右。浓眉，剃光的胡茬子很重，面颊和额头有些苍白。衣着整洁利落。

抱着婴儿的手指上还能看到黝黑的汗毛。

见婴儿喝完牛奶，麻子掏出酸梅糖问道："小宝宝能吃吗？"并将糖块递给大谷看。

"那就领情了。"大谷用指尖拈起糖块放进婴儿口里，"是京都糖球哩！"

"嗯。是君之代牌的。"

糖块会使婴儿小脸蛋鼓起来吧？麻子两眼一直在盯着。谁知却没鼓，因此不禁倒抽了一口气，担心是不是整个吞下去了。其实根本没那回事。

二

"祝您新年好运！"在东京火车站下车时，大谷对麻子说道。

尽管是一句过新年的祝福语，但麻子感到确实是一句吉利话，因此也答道：

"谢谢。也祝您新年交好运！小宝宝也在内……"

说这些话时，麻子脑海里突然浮现出了琵琶湖上的彩虹。

不消说，自己和大谷完全是萍水相逢。

麻子一进家门，说完"我回来了"之后，第一句话就问姐姐："爸爸呢？"

姐姐百子顶撞似的答道："出去啦！"

"是么？"

"肯定是出去了，不会错的。"

麻子十分扫兴地侧身坐到火盆旁边,边解大衣扣子边看着姐姐说:

"姐姐也要出去?……"

"嗯。"

"是吗?"

麻子忽地站起身来,朝过道走去。

"爸爸不在家……就是到他屋子里去也不在嘛!"背后传来百子提高嗓门的声音。

"知道。不过……"麻子只是自言自语,百子是听不到的。

拉开拉门,让光线照进父亲房间,麻子立即把目光投向壁龛,不禁脱口而出:

"伊贺瓷大肚花瓶,加上白山茶花……"

走到壁龛前一看,挂轴跟麻子去京都前一样,只是花换了。

在父亲的书桌上扫了一眼,麻子便离开了房间。尽管空无一人的屋子令人感到空寂,但总算放心了。

重新返回茶室时,女佣正在收拾碗筷。

好像是姐姐一人用的晚饭。

百子抬起头望着麻子,说:

"到房间里调查清楚了?"

"哪里是调查,只是……"

"从外地回来,家里人若不全在,有点不是滋味呢。"百子平静地说道,"快换衣服去吧!洗澡水烧好了。"

"是。"

"瞧你无精打采的样子。累了吧?"

"火车上人不多,舒服着呢!"

"来，请坐嘛！"百子笑了，倒了一杯粗茶，"既是今天回来，拍个电报通知一声，岂不更好？那样的话，说不定连爸爸也会留在家里的。"

麻子默默地坐了下去。百子说：

"爸爸是四点左右出去的，不过最近经常回来得很晚。"

麻子眼睛一亮，突然来了精神，嘴里说道：

"哎呀！姐姐，你梳了个后上卷发型呢！让我看看……"

"不，不嘛！"百子捂住脖子后面。

"好姐姐，让我看看。"

"不让看嘛。"

"为什么？什么时候开始的？求求你，转过去让我看看……"麻子边说边跪坐着蹭过去，想绕到姐姐背后。她一只手抓住姐姐的肩膀。

"不嘛，难为情死了。"百子真的连脖子都红了。

然而，可能是连自己都感到有点忸怩过分了，最后还是听之任之似的乖乖坐在那里不动了。

"后面发根太低了，怪别扭的。不大合适吧？"

"不，合适。挺招人喜欢的。"

"才不招人喜欢呢！"

百子浑身有些不自然。

——那少年平时总是撩起百子后面的头发，用嘴吻下面的脖子。碰巧今天就撩起头发吻了那里。百子总爱吻少年的脖颈，少年很可能是因此才学会的。

由于有这段隐情，因此百子才情不自禁地害起羞来。然而，这一切妹妹根本无从知道。

麻子极少看到姐姐的后脖子。这里的发根确实很低，但却给人一种全新的感受；比起从前面看，脖子也显得细了，且觉得要长一些。脖后正中央笔直地凹下去一条，似乎比一般人的要深，恰像姐姐眼前这羸弱的身影似的。

麻子想把姐姐脖后披散开的头发拢上去，手指刚沾上，百子就"哟"的一声大叫起来，肩膀哆哆嗦嗦地颤个不停。

"哎哟！浑身发凉，算了吧！"

少年嘴唇碰到这里时，也曾出现类似的情况，仿佛浑身都起了鸡皮疙瘩一般。

妹妹吓了一跳，赶紧把手缩了回去。

由于牵涉到梳起后面头发的秘密，百子就不好当着妹妹的面出去跟少年幽会了。

内心不禁烦躁起来，妹妹好像也更讨人嫌了。

"麻子，你从京都回来是有事要急着跟父亲说吧？"百子转过身冲麻子说道，"我知道是什么事，你也不必瞒我……你说去已经出嫁的朋友那儿，是撒谎吧？"

"不是撒谎。"

"对，不是撒谎。大概也去了朋友那儿，不过目的却是别的。"

麻子低下头去。

"我来猜一下吧！说出来也没关系吧？"百子这时已把强硬语调缓和下来，"你去京都找要找的妹妹，找到了吗？"

麻子不禁猛的一下盯住姐姐。

"找到了吗？"

麻子微微摇了摇头。

"是吗？"百子避开妹妹全神贯注的目光，一吐为快似的说道,"没找到才谢天谢地哩!正符合我的心愿。"

"姐姐!"麻子大声叫百子。眼里流出了泪。

"怎么了?麻子。"

"可是,父亲并不知道呀!不知道我是带着这念头去京都的……"

"那又怎么样?"

"真不知道呀!"

"是吗?父亲的观察力强着呢!连我都能看出来的事……"

"父亲对姐姐说什么了么?"

"怎么会说出来呢?麻子真糊涂。"百子把目光重新投到麻子脸上,"你哭了?真讨厌!有什么好哭的!"

"嗯。不过,我觉得去之前不跟父亲说还是对的。恐怕还是先不说为好吧?只是连姐姐也没告诉,是我的不对。"

"对父亲讲也好,不讲也好,其实看来都是无所谓的。关键是去找妹妹这件事,究竟是好还是坏,对不对?"

麻子两眼始终注视着百子。

"你心里究竟是为谁才去京都的?是为父亲?为咱姐妹俩?还是为了你母亲?为了你那位妹妹?……"

"谁也不为。"

"要么,是出于道德上的责任感?……"

麻子使劲晃了晃头。

"好吧,就权当是出于麻子感伤的原因吧!这就够了。"百子继续说道,"对这件事,我心里是这么想的,麻子去找妹妹,这是麻子的爱心。所以说,那孩子找到也好,找不到也好;爱心现在达到她身上也好,没达到也好,总之,麻子是有这种爱心的。仅就这一点来说，无论对麻子还是对那小姑娘，都是一件好事。纵使将来有一天再见到那位小妹妹时，现在的爱心也还会复苏的。"

"姐姐！"

"等等……可是话又说回来了，人各有各的禀性，各有各的爱好，即便是京都孩子，素昧平生找上门去，稀里糊涂接上头，也会感到不自然的。俗话说，亲兄弟还会形同陌路呢！索性就这样吧！还是让人家自由自在地生活下去吧！麻子也该三思而后行哩。"

"可是，父亲是怎么想的呢？"

"这个吗？有一句话是这样讲的：一个人的经历之深加上他的心机之深，就是这个人的城府之深。所以说，麻子对父亲也会有不了解的地方呢。"

"这不是父亲说的吧？"

"是呀。一个人在对自己不利时才这样说呢。"百子扑哧一笑，"了解人类历史，思索人间未来，可能统统都包括在这个人的心机里了。"

麻子点了点头。

百子有意瞧着麻子的脸色说道：

"麻子的母亲生前好像就很记挂京都那个孩子哩。因此麻子才去京都的吧？"

麻子不觉被触动了心事。

"就算像你说的那样，也不清楚母亲究竟是不是出于真心。母亲确实是个很慈祥的人，即使是在别处长大的孩子也不会对她有隔阂的。但保不准母亲内心里也自有苦衷，她或许是在想，如果自己死后京都那孩子才有可能进入家门的话，还不如趁自己还活着时就允许她进来呢!否则,母亲死后也会于心不安的。我就是想让母亲做个亲爱的好人才去京都的,真是太蠢了!"麻子抽抽噎噎地说完,用双手捂住脸俯下身去痛哭起来。

"话就说到这里吧!……姐姐也该出去啦。"

麻子仍抽动着肩膀哭个不停。

百子以申斥的口吻说道:

"别哭啦!让你在这儿一哭,人家就出不去了!"

"姐姐。"

"求你还是让我走吧!尽管这样对不住你……洗澡去吧,啊?趁这工夫我好出去。"

"好,好的。"

麻子边哭边踉踉跄跄地走出茶室。

麻子抓着浴盆边沿,仍是哭个不停。

耳边传来了百子从门口出去的声音。

麻子越发泪如泉涌了。

忽然想起了妈妈的日记。

百子时常把"麻子的母亲"这几个字挂在口上,实际指的是麻子的妈妈,而不是百子的生母。

麻子突然想起妈妈日记中的一段文字,记录的是爸爸说到百子时的原话——百子左一个右一个地跟少年谈恋爱,是不是因为头一个男人让她吃了大亏呢?不会是由于在学校陷入同性恋的缘故吧?会不会是出于满足女人身体某种需要的缘故呢?

妈妈写道:这真令人费解。实际上爸爸妈妈都闹不明白。

日记上还写了一句半玩笑半认真的话,爸爸说:

"现在世道变了,引诱美少年也轻而易举喽!"

说是"左一个右一个",其实只不过是爸爸或妈妈夸大其词而已。但有一点是肯定的,那就是连麻子都看到过百子有三个美少年。

一想起妈妈的日记,由于害怕和害羞,麻子的眼泪立时停了。

梦的痕迹

一

二次大战后,原来的皇族、位列公侯伯子男的华族以及原来那些大财阀的房子都变成了旅馆。这种现象在地处静冈县伊豆半岛上的热海市尤为突出。

一座叫"山茶屋"的旅馆原来就曾是一位皇族家的别墅。这位皇族殿下曾出任过海军元帅。

当汽车就要到山茶屋旅馆时,麻子的父亲用手指着车窗外面说:

"那边两栋不像旅馆的房子,都挂着旅馆的招牌吧?就是互相正对着的……这面的旅馆原来是皇族家,对面那家是原来一位侯爵的房子。那位侯爵也是从原来的皇族降下来的,听说在战争中腿受了伤,现在是战犯,正在服刑,从事重体力劳动。"

在山茶屋旅馆门口下车后,父亲又停下脚步朝四周望了一下。

"从前经常在这条路上散步,还从这道大门里窥视过皇族房子哩!里面根本进不去。大门总是关着的。"

这是一条通往来宫神社和梅园的路。这条路还通向日金山上的十国山口。

右边那座小山已笼罩在黄昏之中,从黑黝黝的松树林里冒出一缕缕发白的温泉蒸汽。在一片薄薄的夜幕之中，好像只有它们是活动的生命。

"这座山里还有藤岛财阀总部的别墅呢！想不到还会有房子吧？全都隐蔽在山里，建成后从任何地方都看不见。"父亲说，"说是要穿过山洞才能进到房子里去……据说那山洞装了很厚的铁门。正值战争期间嘛……可能是害怕暴动吧。"

这条路看情形也从山里经过，山茶屋就建在山脚斜坡上。主体建筑从路上看是两层，从院子里往上看则是三层。

"还是乡间风味的房子安静，已经给您准备好了乡村房子。"旅馆领班说，然后便沿着院子里的石子路将父女二人领到一座离开主建筑的单独住房。

"那是什么花？"麻子停住脚步。

"樱花。"领班答道。

"樱花？是中华樱？……也不像呀。"

"是的。中华樱今年一月末就开了，早就落光了。"

"爸爸，是什么樱？"

从麻子发现那种花时起，父亲就一直在考虑，不过还是没想起来，只好说：

"记得是叫什么啦？一下子想不起来了。可能还是属于中华樱一类的吧。"

"是的。那种樱先长叶，后开花。"领班说道，"花朝下，开的时候好像蔫蔫的。"

"是吗？很像海棠了。"

确如麻子所说，这种樱，花的颜色发红，开成一团团的，很柔软，也是先长叶后开花，所有这些都使人感到很像海棠。

时候才是二月初，在这种节气的傍晚阴天的映衬下，与花朵夹杂在一起的嫩叶透出淡淡的鲜绿，煞是令人喜爱。

"哎呀！泉水里还有鸭子呢！"麻子感到很有趣。

父亲说：

"我记得什么时候见过，隔壁伊贺侯爵家的泉水里还有墨西哥鸭子呢。不知现在怎么样了。"

樱花就开在泉水对面。

还有一座离开主楼单独建成的房子，上半部分好像浮在泉水水面上。那幢房子叫茶室。

据旅馆领班介绍，这是原男爵、财阀成田修建的，因此父亲说道：

"如果里面没有客人，我们真想看看呢。"

麻子的父亲叫水原常男。作为一名建筑家，面对战后那些原豪门富贵之家的建筑一座座变成旅馆和饭店，真是不知有几多感慨、几多滋味在心头。

连天皇弟弟在神奈川县逗子市的行宫也成了旅馆，还有那位藩阀兼军阀的元老政治家山县公在该县小田原市的别墅也被改成了旅馆。

此类事例简直不胜枚举。

但是，由于当初都是按照住宅设计修建的，对于旅馆和饭店来说，总有些地方显得别扭和带来诸多不便，因而水原也就时常被请去商量如何加以改建。

以山茶屋旅馆来说，情况也是这样：主楼加上单独建的乡间房子和茶室，总共只能接收八组客人；与此形成鲜明对照的是，庭院非常宽阔。

将独门独户的乡间风格的房子当作温泉旅馆的客房，对麻子来说大概是很稀罕的。

"很舒服嘛！像到了农村百姓家似的，既安静，又亲切……"

"是啊，没有任何装饰，显得既清爽又干净。"

尽管是将农村民舍移来加工改建的，却丝毫也看不出那种雕凿斧刻的痕迹。

"给人的感觉是朴实自然，宁静平和……"麻子在屋内转着打量了一番，"哎呀，隔扇上连格子窗都没有呀！"

八铺席这间和接下去的六铺席那间，中间是用木板墙隔开的，镶着大约有二尺高的拉窗。

南面和西半部分是齐腰高的纸隔窗，上面没有镶玻璃。

天花板和拉门露出来的木头都漆成了淡黑色。怪不得一百瓦的电灯泡还显得暗，大概就是这淡黑色造成的吧！只有壁龛上的木板和它两侧的立柱颜色别具一格。

罩在铺席外面的灯芯草席套的用料也很粗糙，大概也是有意这样安排的吧。

水原刚换上棉袍就来到院子里，径直去看茶室。麻子则根本没来得及更衣。

这幢单独建造的房子有一个六铺席的房间，加上一个四铺半席的茶室，还有一间不能与茶室配套的"水屋"相提并论的厨房，并配有一间浴室。

"完全可以住嘛！"

水原说完这句话后，立即转身离开房子，站到桥上仰头朝主楼望去。噢！原来是一栋西洋风格的建筑。

作为皇族的行宫，无论是里面的房子还是这宽敞的庭园，都不是水原当初所能看到的。

靠院子边角的一块平地上有一间小小的狗舍，里边养着一只很漂亮的狗。

"啊，是一只好可爱的秋田犬。"

水原走近前去摸了摸它的头。

这只狗很大，抬起前腿搭到水原腰两边。看来是这只狗的习惯动作。

一身淡黄色的毛，竖起的耳朵和蜷曲的尾巴颜色要重一些，近于茶褐色。水原握着它的耳朵，搂住柔软的脖子，立时感到有一种极具生命力的美涌上心头。

水原真想说一声：让热海市里那些乱七八糟、令人可怜的临时搞出来的建筑，在这只秋田犬面前无地自容去吧！

然而，麻子的情趣却在别的方面。

"瑞香花已经开了呀！这是春天到来的信息……"听麻子的语气，这简直就是幸福的信息，"那里那棵红梅下边，是南天竹发芽了吧？叶子真红呀！重瓣红梅开花要晚一些吧？"

"是啊。白梅大部分已经落了。"

"跟绯红色的桃花一样，是真正红梅花的颜色哩。"

经常被关在家里的女人，对于摆脱家务负担而进行的一次小小的外出旅行，总是感到欢欣鼓舞。带家属也很放心，看来女人尤为合适。

水原在妻子身上见到过这种表现，连女儿麻子似乎也是这样。

麻子看到一棵小柠檬树上结的纺锤形果实也要赞叹一句："呀，看上去真可爱！"说完还伸手轻轻捏了一下。

柠檬果实只有一个，既小又青。

"这旁边是伊贺侯爵家,当年我曾到他家院子里去过一次,那时正是含羞草开花的季节。一下子记不起是几月了。一进院子就看到正在草坪上漫步的白孔雀,泉水边落着两三只墨西哥鸭子。那几只鸭子显得很冷,好像无精打采的样子。对了,想起来了,应该是在冬季去的。说是泉水,其实也就是露天浴池,温泉嘛!还养着观赏鱼。那时候流行热带鱼,百货商店里也有卖的。侯爵曾试验性地在温泉里养了一下,没想到大获成功。一直养到好大好大。含羞草现在不大稀罕了,但我那次去侯爵家还是头一次见到。侯爵就是有这方面的雅趣。在那宽敞的浴室里,有时还飞着各种热带小鸟呢!"

"啊,真有趣!"

"那是热带情趣呀,温泉浴池冲身子的地方铺的全是亚马孙河的鹅卵石,是专门运来的。"父亲一边说一边朝侯爵宅邸方向缓步走去。

麻子仿佛有些疑惑不解:

"亚马孙河?"

"对,就是巴西那条河嘛!是一种红色鹅卵石。在里面洗澡的时候,有时热带鸟的粪还会拉到人身上。靠墙边那一带栽着一大片热带植物,总是郁郁葱葱的。记得好像还有花。至于说到浴室里边,嗨,那可更不得了!朝向庭园的一面,从上到下装的全是落地玻璃,尽管不透明,可还是明晃晃的,对于我们这些没见过大世面的日本人来说,简直是自惭形秽,根本不好意思从从容容地进到里面去。给人的感觉完全是一派热带风光。说来就是一间天棚老高老高的大厅,还放着椅子。仔细一瞧,啊,原来是用来做裸体运动或是随便躺躺的,中间交替着还泡到温泉里休息一下。当你缩手缩脚很不好意思地躲进水里时,你浑身上下都会有一种异样的感觉。"

在山茶屋主楼的右侧,雪白色的侯爵宅邸犹如夕阳西下时残留的一片亮光映入眼底。

"以前更白,更显眼呢!据说曾成为空袭的目标,一时间惹得议论纷纷。原因就是太显眼,从很远就能看见。总之,是一座充满旁若无人个性的建筑。属于那种小暴君建筑,或叫大反叛者建筑吧!听人说,侯爵从西洋回国后,马上把庭园里的树木全部挖掉,把点景石全部挖光,统统改成了草坪。虽然还不能说他的前代已经在营造庭园上达到了极尽风雅之能事的程度,但那毕竟还是地地道道的日本式庭园,结果面目皆非,完全给改成了西洋风格。房子也毫不吝惜地全部毁掉了。看来侯爵似乎是想在热海的别墅里构筑一种热带风格的生活环境哩!据说连室内温度都常年保持在华氏七十度——说是华氏七十度合适,为此还把温泉的热水通到地板下面或墙壁里,结果造成墙壁破裂。依我看,还是对建筑材料之类的研究不到家啊!不过,我去的那次也是这样,一进屋子就感到闷热闷热的,心里很不舒服。"

"有华氏七十度么?"

"嗯?也许有吧!听说就是在隆冬季节里,侯爵也只穿一件衬衫向英文打字员口述文稿。家里有两个从美国来的打字员,都是在美国出生的第二代日本人。论文之所以用英语口述,是因为要送到国外学术团体主办的刊物上去发表。"

"哟!还是位学者呀?"

"是位动物学者。有时还到热带去打猛兽哩!曾坐轻型飞机访问过埃及。简直就是一位彻底洋化了的日本贵族。在国外比在日本国内还有名气呢!对这个又窄又小、湿漉漉的日本,他大概已经住不惯了。所以，在他自己这座充满热带情调的宅院里，即使与日本当地风俗习惯反其道而行之，也……"说到这里，水原咽下了后半截话，"自然，全都毁灭喽！"

水原仰头望着那幢顶端呈尖塔形的房屋。

"我那次去的时候，有一只蜂鸟还活着呢。说是原来有两只，一只死了，所以……"

"就是那种飞得极快的小鸟吧？据说快得连人都看不见。"

"对。"

山茶屋旅馆楼上的照明灯亮了，灯光照在下面的庭院上。

趁这个机会，水原一边转身沿原路返回，一边说道：

"连二楼上的卧室都让我看了。漂亮的寝床和各种化妆品都令我大吃一惊，但更让我吃惊的是鞋子。拉开床旁边的帘布一看，里边是鞋架，两侧架上摆着夫人的皮鞋，足有四五十双。夫人也是在美国长大的第二代日本人，完全是人家那边的一套生活方式。卧室也跟浴室一模一样，日本人根本无法想象。半月形的大窗户，是一整块完整的玻璃。真是既明亮又豪华……"

说到这儿便欲言又止了，马上转换话题讲起了美国式的厨房和洗衣房的情况。

由茶室前面穿过去，然后走过泉水上的小桥。

"啊，想起来了！方才那种樱树确实该是叫红中华樱的。"

说完，水原脸上露出了笑容。

二

"给您冲冲背吧？我已经好几年没给爸爸冲过背了。"麻子说道。她正在洗自己的胸口。

父亲将头枕在浴池边上，身子泡在水里。

"唔，是啊。小的时候，连麻子的小脚丫缝儿都是爸爸给洗的呢！还记得吗？"

"记得。当时也不算太小了。"

父亲合着眼说：

"爸爸这会儿正在考虑，觉得该给麻子盖一个家了吧？"

"啊，麻子的家？"

"对。"

"说是麻子的家，这家跟谁住啊？我一个人住么？"

尽管这句话像是麻子边洗身子边漫不经心说出来的，但却使父亲感到很扫兴。

因此父亲也以嘲讽的语气说道：

"想一起住的人难道还没出现吗？"

"没有呀。"

女儿忽然看了父亲一眼。

"好嘛，麻子一个人住也可以嘛！不去住也行。先把它作为麻子的家，心里就好接受了嘛。老头子是个建筑匠，所以想给每个女儿至少都盖一座小小的家，这想法怕不是要留下类似遗嘱的名作吧？"

"类似遗嘱的住家？"女儿责怪似的反问了一句，像拨浪鼓似的连连摇头，"不嘛！那些都不要。"然后她便进到浴池里，口里说："我冷了。"

"无所谓嘛！因为正如人们平时所说的那样，人间万事不如意。在这万事当中，再也没有比建筑更不自由的艺术了——要受到各种限制，场地、材料、用途、规模、经费，还有甲方随心所欲提出来的要求，最后还要经过木工、泥瓦匠、家具店的手，像伊贺侯爵那种完全随心所欲的房屋，我也许还从来没有搞过。所谓'类似遗嘱'的意思，就是按自己意愿建的房子。也就是说，建成后完全符合初衷。这种情况极为罕见。"父亲仿佛要收回"遗嘱"这个用词似的说道。

但是，讲出这番话本身也并非没有某种悲怆。

父亲对女儿的裸体美着实吃了一惊，猛然间脑海里闪出了旅馆院子里的那条秋田犬。虽说把自己的女儿跟狗放到一起很不应该，但毕竟还是有血有肉的躯体美呀！当然，女儿的美是秋田犬所无法媲美的。

由秋田犬可以联系到小小的狗舍，但动物是不会给自己盖房子的。纵使筑个巢，与人类的建筑相比，也属自然本能。而且既不破坏大自然，又不污染大自然。热海市里的建筑大概要算污染大自然的典范了。简直已经到了不可救药的地步。科学的进步也会给人类带来更多的悲剧，跟这个道理一样，人们怀疑现代化的建筑是否只会给人带来幸福。这种疑虑对水原已不足为奇了。

还有，现在的建筑是否也会跟过去一样，作为一种美留给后世呢？这也是全世界建筑家心中的共同疑问。

然而，水原在对女儿的裸体感到吃惊之余，脑子里又突然冒出来一个疑问，即这美丽的人体是住在与其相称的美丽的家了吗？而且，自己对这一疑问也不禁吃了一惊。

这情形就好像身为建筑家，竟然忘掉了自己身边的美好事物和心爱的东西一样。

以水原自身来讲也是这样，自从被大火烧得无家可归之后，住的一直就是临时凑合的房子。

当然，有一点是不消多说的，与女儿美丽躯体相适应的衣着、相匹配的住房，恐怕到什么时候也不会造出来的。如动物那样，全身裸露着生存在大自然里乃是上帝赐予的一种美。建筑上的新思路也许就常常是从这里获得某一方面启迪的。

总之，对建筑家的水原来说，时隔多年又和麻子一块儿洗澡，因而想到要盖一座供漂亮女儿的躯体起居坐卧的舒适的住房，这正是做父亲的爱，是深有感触的体现。至于麻子将和谁住在那个家里，父亲脑子里根本就没想过。

不过，从女儿的立场来说，却总觉得不那么自然，因为毕竟是在狭小的家庭浴室里，所以反倒是做父亲的有意避开身子，并同时产生了一种自己青春已逝的心理。遗嘱这个词，很可能就是在这种心理状态下不留神冒出来的。

父亲先洗完回到房间，一眼就发现了桌子上放着一小枝瑞香花。那是女儿折回来的。

方才父亲还在想，女儿是一副兴致勃勃的样子，但也觉得自己当时有点不正常。

二楼的客人正在静静地弹唱新内小调。此刻正在演唱的曲子叫《尾上伊太八》。三弦琴弹得实在好听。带来的艺伎看样子已不年轻。

麻子洗完澡出来，第一件事便是照镜子。连女儿化妆的姿态父亲也感到很稀奇。

"爸爸。"女儿从镜子里叫道，"爸爸要跟我说的话，是什么事呀？"

"噢？"

"爸爸是有话要跟我说,因此才带我到这里来的吧?我好紧张哩。"

父亲没有作声。

"爸爸那遗嘱般的住房,给我们盖几座呢?两座?三座?"

"在说什么嘛!"

"如果是我跟姐姐的话,两座就够了。可是,京都还有一个妹妹吧?"

父亲皱起了眉头。

巧得很,正在这时女佣送晚饭来了。

麻子重新回到炭火盆旁边,在摆饭菜这段时间里,低着头在那里摆弄瑞香花。

瑞香花花筒很短,外面是略微发紫的粉红色。这粉红色又淡淡地映进花瓣里边。这种情形父亲也观察到了。

三

早晨天空晴朗,位于热海东南方向的锦浦湾里,海水波光闪烁。

"半夜里秋田犬叫了一阵,听到了吗?"父亲说。

"没有。"女儿已经洗过澡,正坐在镜前化妆。

"果然名不虚传,那声音劲头儿足着哩……"

"是吗?"

父亲又提起了伊贺侯爵:

"旁边的那位侯爵,尽管曾是江户时代的诸侯,明治维新后又被列为华族,却在战前就被取消了一切名分和待遇。据说是由于放荡不羁,有损华族的体面。不过,事到如今,看来他也不至于多么后悔了吧！反正遇上这次战败，爵位和财产统统都得被没收，若这么一想，当初恣意妄为弄得倾家荡产也就不算什么了。"

水原这是在回首往事。当年到侯爵府邸参观时，水原就曾被日常用的茶室建造式样和专门用来举行茶道仪式的茶室的建筑风格所深深吸引，如今又回忆起自己当时的年龄。但现在却不同了，纵使再住到旁边那座原来华族的家里，心里也敢把伊贺侯爵的过去和自己的生活现状联系在一起了。

其中也有处于原子弹氢弹破坏下的建筑家命运的含义。

"此亦舍家，彼亦舍家。"

佛的这句话近来也总在水原脑海里闪现。

水原父女二人离开山茶屋旅馆后，先到街上转了转，然后乘上了开往元箱根的旅游公共汽车。

翻过十国山口，临近箱根山口时芦湖便映入眼底，双子山、驹岳山、神山上的积雪还未融化。

水原等人从元箱根镇穿过一片小杉树林往箱根神社方向走去。

"这一带梅花开了么？"水原边走边跟山里旅馆的领班说话。

"还没开。这里与热海的温度要差十度。"领班答道。

所谓山里旅馆，原本是藤岛财阀本家的别墅。

院落的入口处有接待室、车库和停放游艇的地方。

但是，被领进去的房间却简单得出人意料。

"真是名副其实的山间小屋呢。怕不是原先公司职员的集体宿舍吧？"水原说完就钻进了取暖用的被炉里。

只有纸拉门，没有玻璃窗，屋外是一道窄廊。房门入口处和里面紧挨那一间的间壁上装了一道木板门。原来可能是纸拉门吧。

离开房间到客厅去喝茶，看样子像是新建的，向女佣一打听才知道，原来建在这里的西洋式住宅去年三月已被烧掉了。水原这才解开心中的疑团。

藤岛家人旧梦中的遗痕已被烧得消失殆尽了。

父女二人离开客厅到外面参观庭园。这院子的面积大约有三万三千来平方米。

过了石楠花地，有一处茶室。再往前一大片地里全是杜鹃花。

穿过杉树林，来到略高一些的草坪上，一眼就可以看到伞状的杉树下放着长椅子，还立着一个写有"一本杉"的牌子。

引路的领班指着湖岸方向说：

"远处那个是四本杉，草坪现在是羽毛球场。"

"哎呀！姐姐？"麻子压低嗓门叫了一声，双手举到胸口，看动作是要捂住嘴不出声的。

"别嚷！不要看！"父亲低低的声音也有些发抖。

一字排开的四棵杉树下有一条长椅子，百子搂抱着一个少年的肩头，正一动不动地凝望着湖水。

接下来，水原又被领着参观了远离主建筑的厢房和乡村房舍，但早已心不在焉了。

乡村房舍立的一块牌子上写着："六百年前飞驒高山之家"，英语写的则是"七百年"。

"对外国人竟值得多谎报一百年呢！"水原强作笑脸说道。

"听说藤岛先生曾在这座乡村房舍里用真正的乡下饭菜招待过客人。"领班说。

据传，连马棚木头地板上的马粪也是一丝不苟原样运来的，房子似乎完全保持了原貌。

不过房顶已大部分塌落，而且始终原封未动，从那残破的缺口处可以看到神山上的白雪,水原不禁感到一阵寒意。麻子的脸色也煞白。

当天夜里父女二人没怎么说话就过去了。

父亲在心里猜测了一下,百子是避开温泉胜地汤河原和热海,再穿过箱根温泉浴场,特地来到这家深山旅馆的,而这种旅馆冬季里很少有留宿的房客。

百子跟麻子不是一母所生,长得并不很像,所以旅馆方面是不会发现二人是姐妹的。

百子也根本没发现,昨天出门时说是去热海的父亲,此刻竟会来到箱根的深山里。

百子从背后抱着少年。不是被对方抱,而是自己抱对方。

"你哭什么嘛!"少年不开心地说。

百子也无精打采地说:

"没哭呀。"

"眼泪都掉到我脖子上了。"

"是么?因为你太可爱啦!"

少年动了动,想翻个身。

"别,就这样别动……"百子悄声说道,两眼一直在注视牡丹花色的窗帘。

百子和少年住的这间房子跟父亲他们的房间是分开的,以正门口的账房为界,一间在左,一间在右。把日本式房间略加上点西洋风味,里面放了一张床。

火红的颜色

一

在房间里等早饭的时候,听到了摩托汽艇的声音。

麻子若无其事地看了父亲一眼。

"那也是去取定量供需品的吧?"父亲说。

因为昨天傍晚父女二人曾看到取供需品回来的汽艇。

当时已是日暮时分,因纸窗上映出晃动的火红颜色,麻子拉开一瞧,是旅馆在院子里值班的人正在放火烧干草坪。往上窜动的火苗已经烧出一个很大的圆圈。

芦湖静悄悄的。只有湖对岸靠岸边一线在黄昏中还清晰可辨,再往上的山岭已全部隐没在暮色之中,连一丝晚霞都没有。

透过这侧岸边树木之间的缝隙,可以看到有一只小船在动。

"哎呀,这么冷的天,居然还有人坐小船呢。"麻子说了一句。

院里值班的人也向湖面望去:

"是取供需品的回来啦!"

"用小船去取供需品么?"

"走陆地太重了。可能是这山里边村子里的老板娘吧。"

尽管傍晚的夜色已笼罩大地,但透过岸边树木之间的缝隙仍能看到正在湖中行驶的小船,好像是由一名衣着朴素的妇女划动的。

"用船去买东西取供需品——真想体验一下这种生活呀。"麻子内心的不安使她讲出了这么一句话。

"太冷了,快关上!"父亲开了腔。

纸拉窗底沿上又映出了忽闪忽闪的火红色亮光。

今天早晨也是这样,麻子仍然忐忑不安,面对汽艇的声音又失去了平衡。

"又是定量供需吗?昨天那是只用手划的小船吧?现在这个可是摩托汽艇啦!"

麻子对父亲的话不得要领,悄悄把纸拉窗错开一条缝,用一只眼贴在缝上,看清姐姐确实还没来到旅馆院子里,然后才把窗子彻底拉开。

汽艇正朝湖尾梢方向飞驰而去。照理该是朝映有富士山倒影的方向驶去,但因阴天富士山给遮住了。

昨天那只小船是沿着岸边,看上去像是在树与树之间穿行,但今天早上这只摩托艇却不同了,它是驶向湖心方向去的,宛若从一棵棵树的梢上飞速掠过一般。

"是姐姐!果然是姐姐!还是让我给猜中了。"麻子紧紧抓住纸窗,"就她跟那男孩两人!爸爸,天这么冷,一大早跑到湖面上去,姐姐真是疯了!"

虽说只是一艘小小的汽艇,但因湖面平静如镜,所以水面上拖着一条很长很长的尾巴。

船尾座舱里,百子跟少年挨得紧紧的。

对岸山岭上也到处都有一条条细长的雪线。

"爸爸……"麻子回过头来朝父亲叫了一声。

父亲避开女儿求助似的目光,只说道:

"快关好！"

"是。"

然而，麻子仍在目不转睛地望着远去的汽艇。

"麻子，我说让你把窗户关上。"

"好。"女儿呆呆地重新回到被炉边，"咋办呢？爸爸。"

父亲始终沉默不语。

"对姐姐就这样不管么？就让她那样去吗？——摩托艇的声音还在响。心里就跟这声音似的突突乱跳。昨晚我一夜都没睡好。"

"看样子是那么回事。不过，就是在这儿抓住百子，又……"

"噢？那么爸爸要到什么地方才抓住姐姐呢？"

"百子也许是不会让我给抓住的。昨天，不，是前天吧，我说要给麻子盖个家，当时麻子曾说也要给姐姐盖一座，对吧？"

"对。当时我问您：京都还有个妹妹呢！两座？还是三座？"

"这个嘛……"父亲含糊其词地说，"就算给百子也盖一栋房子，不过，我估量百子是不会到那里去住的。"

"为什么？那是父亲作为遗嘱留下的房子，姐姐不去住，只让我一个人去住么？您为什么会有这种念头呢？"

"你这么一问，我也不知该怎么说才好了，也许是因为你妈妈跟我是正式结婚的吧！"

"啊？"麻子使劲摇了摇头，"不想听……这些事我不想听。莫非爸爸也有点胆怯了么？"

"不错，也可能吧。"父亲点了点头，然后又自言自语般地，然而却是明确地说道，"我两度恋爱，一次结婚。头一次恋爱生的孩子接过来了，后一次恋爱的孩子没有接。事到如今，不用细说，麻子可能也都知道了。"

麻子仿佛被噎住似的，一下子不知该说什么好了，但还是找到了话题：

"后面的孩子您为什么不接到家里来呢？是因为有我妈妈在吗？"

"不是的。原因根本不在这里，之所以接回前面那个孩子，是因为她妈妈去世了的缘故。是自杀。"父亲宛如将胸中郁闷一吐为快似的说道。

女儿因睡眠不足而出现的双眼皮，此刻更因心事重重而越发显得好看。

"这么说，爸爸是让三个女人生了三个女儿，而真正的孩子只有麻子一个啦？"

"啊，你问这个吗？……总之，麻子能这样说是很难得的，只是……"

"看来您也够可怜的啦！爸爸。"

"不过，不管是生活在一起也好，不在一起也好；或者说，扔掉也好，送给别人也好，孩子总还是自己的孩子嘛。既然降生到人世上，这种父母子女的血缘关系是割不断的。"

"人家说，你就是对他再好，继母也还是继母。跟这能一样吗？我觉得妈妈实在是太可怜了。"

"是啊，无论做父亲的还是做母亲的，都不该让孩子去可怜人。因为无端去可怜人的人，说不定就刚好证明那人自己是可怜的呢！"

"责任都在爸爸呀！"

"大概确实如此吧。不过，世上的人，命运的结局是不尽一致的。"

"那么，您的意思是说，姐姐现在坐的摩托艇也就是命运之船了？无可奈何了？"

"不是那个意思。可话又说回来了，跟那么小的男孩相处，百子难道是认真的吗？"

"这我可不知道。"

"总之，我认为并不是全身心的投入。百子是继承了她妈妈的禀性，有种争强斗胜的脾气，一辈子总是把弦绷得紧紧的。百子就是这样一个对任何事物都容易入迷的女孩子。可这次有点不同，该不会把相处的那个小男孩给甩掉吧？"

"不至于吧……姐姐好像是很认真的。不过，姐姐现在有两个少年呢！爸爸，今天带来的男孩叫竹宫。同时有两个，我真不明白姐姐是怎么回事。"

好像难于启齿似的，麻子羞得缩起了肩头。

父亲也有点震惊，但还是说：

"怕不是真心吧。倘若不替百子找出内心真正的创伤，这种轻率的恋爱也许会无休无止的。麻子心里总该有点数吧？"

"姐姐内心的创伤？只有对亲生母亲，才会开诚布公全都讲出来的吧？"

"更主要的，还是在于百子太任性啊。"父亲有意把话岔开了，"之所以要进行这种犹如脚踩在刀尖上的危险游戏，还是由于有什么心理创伤在折磨她！我怀疑，要么也许就是在慢性自杀。"

"自杀？姐姐她？"麻子被"自杀"二字吓得浑身一颤，竖起耳朵听了听湖面的动静。

"摩托艇的声音听不见了！爸爸，姐姐该不会是到湖里去寻死的吧？不会是想双双殉情吧？"麻子跌跌撞撞地爬起来拉开纸窗，

"不会是这样吧？爸爸，汽艇看不见啦！"

爸爸也心头一惊，但嘴里却说：

"不会有这种事的。可能开到远处去了。"

麻子把目光投向湖尾梢方向，报告说：

"看不见啦！一只船的影子都没有。我到岸边去找一下。"

麻子趿拉着在院子里穿的木屐跑了出去。

昨天刚烧过草坪，草木灰在麻子身后扬起一道白烟。

二

只有沙沙沙降雪的声音。那声音就好像有什么东西在微微触碰窗纸似的。

因为只有纸糊的拉窗而不是玻璃窗，所以在屋子里就越发容易感受到雪带来的寒意，在一片宁静中愈来愈冷。

快到中午时才察觉到这沙沙的声响，拉开窗子一瞧，外面雪下得正紧。

湖对岸的群山已被遮得完全看不见踪影，湖面也大部分为白茫茫的雪所笼罩，这边岸上的树木都披上了银装。草坪已经被积雪所覆盖。

水原心里只盼望百子能趁早回来。

"等姐姐她回来再出去吧。要是在什么地方不期而遇，爸爸也够讨厌的呢。姐姐就更会张皇失措了。"

听到麻子这样说，父亲不禁苦笑道：

"倒好像我们干了坏事，要躲躲藏藏哩。"

"是呀。爸爸只带我一个人到这里来，对姐姐不大好嘛。"

只是在等待百子出现的这会儿工夫里，坐在被炉边上后背照样发冷，水原一副无所事事痴痴发呆的样子，脑子里又琢磨开了心事：说来也怪，三个女儿三个样子，生来就都分别带有各自母亲的模样、性情，平日里为人处世也都同生身母亲如出一辙，真是三人三样。

三个女儿长相都跟各自的母亲差不多，同时什么地方又都很像水原。耳朵呀，腰身呀，腿形脚形呀，三个女儿都分别有某个地方长得跟父亲相像。尤为微妙的是，在三人长得像自己母亲的脸盘上，又都分别加上了父亲的五官相貌。

即便是同父同母所生的孩子，尽管都分别与父母有相似之处，但又模样各异，这已经有些不可思议了；而到水原身上，三个女儿明明分别跟各自的母亲相像，差异十分明显，但却又偏偏都像同一个父亲。因此，可以说，这就越发显得不可思议了。

水原让三个女人生了自己的孩子。或者说，有三个女人给自己生了孩子。现在自己已经到了再也不能生育的年纪，纵使回顾这些逝去的往事，也未必全都是苦涩的悔恨。

不要说悔恨，有时感受到的毋宁说是女人的生命和上苍的恩宠。而最值得一提的是，三个女儿都出落得十分漂亮，光艳照人，这就是无可辩驳的证据。孩子是无辜的。

大女儿是百子，居中的是麻子，二人的母亲都已去世。

两个女人留在这世上的，除了各自的女儿和水原对彼此相爱的回忆之外，恐怕再也没什么了。

两个女人和水原都为爱情经历过痛苦和悲伤。然而，这一切对水原已成为遥远的过去，对死去的女人则已完全失去了意义。

三个女儿也都为自己的身世和父亲的过去而在苦恼中度日。然而，水原却相信女儿们是爱父亲的。

还有，人所感受到的悲欢离合和苦辣酸甜，究竟在多大程度上是人的内心真实感受呢？对于这一点，饱经风霜的水原也深表怀疑。有时甚至觉得这一切都不过是浮在生命河流上的泡沫或小小的浪花而已。

可是，说到京都女儿的那位母亲，她跟水原与其他女人跟水原的关系看来刚好相反。

那个京都女人在生下水原的孩子之前，已经与别的男人生过孩子。从今以后，也保不准还会生下别个男人的孩子。这个女人现在还活着。

百子的母亲和麻子的母亲生前却只有水原这一个男人。

不过，像京都女人那种情况，在水原和她及其女儿这三人之间也彼此并不仇视。倒不如说，内心深处都有一种割不断的情思。

水原知道麻子曾到京都去找过妹妹，很想聊聊那个女儿的情况，因而才带麻子出来的。谁知却在热海让麻子抢了先，自己反倒说晚了；到了箱根，又因百子而错过了多说的机会。

可是，当自己表现出很想谈京都女儿时，麻子马上就有察觉，如此一来，父亲只好做出已经不需谈的样子。

在三个女儿的母亲当中，水原只跟麻子的母亲共同生活且彼此最为了解。

当这位叫澄子的妻子死后，就只剩下了京都的那个女人。

对此麻子会怎样想呢？水原有点尴尬，京都女儿的事就更不好开口了。

到京都去寻找妹妹的麻子，难道会没想过也要见见妹妹的生母吗？

耳边只有降雪的声音,加上京都那女人如今还活着,听着听着水原便对那女人忽然产生了怀恋之情。

"麻子,打盹睡着了可要感冒了!"水原推了推麻子的肩膀。

麻子抬起布满血丝的眼睛。方才她正把双臂搭到架着被炉的木罩上,脸伏在胳膊上。

"姐姐还没……姐姐不知道这边的情况实在是万幸,大概已经平静了吧?爸爸也该有好戏看了。"

"这么大的雪,回不来啦。"

"姐姐可能已经到旅馆了。不会冒着大雪去死的。"

"你又……"

"刚才就怀疑会不会真的是殉情。爸爸还提到什么自杀,多不吉利呀!"

水原联想起百子母亲年纪轻轻的就自杀,不禁微微摇了摇头。

三

少年竹宫两手各拿一块木柴加到火炉里,仍旧背朝百子站在那里,仿佛背台词似的说道:

"令人想起轻井泽的白桦树木柴呀!"

百子则仍旧在望着外面的雪,口中问道:

"你家在长野县的轻井泽住过?"

"住过。"

"现在回想起来,很怀念吧?"

"不怀念。没什么好怀念的。"

"是吗?"

少年弯下身将火重新拨弄了一下。

"你说的白桦树,做烧火劈柴的是下边那部分呀。"百子说道。

"可好看了。恐怕燃烧起来会更好看吧?"

"那自然啦。因为既不是煮东西又不是烧开水,所以……"

"一个白俄血统的俄国姑娘吻过我呢!"

"哎呀!有这种事?竟然有人在我之前吻过阿宫吗?"百子转过身来,冲着少年的后背,"这可是一件大事,马虎不得的!吻了阿宫的什么地方了?"

少年一声不吭。

"那么,是阿宫吻了那姑娘的什么地方了?而且是在白桦正在火炉里熊熊燃烧的、山里边的那个家?什么样的姑娘呀?面包铺的女儿?呢绒店的?多大年纪?快,快告诉我嘛。若是不说,没完!"

"晚上再讲。"

"晚上?阿宫,今天晚上还想住下么?"

"这里会积好厚的雪的!真想去热海呀!"

"不行。父亲带妹妹去热海了。"

少年突然转过头来。百子把目光移到窗户上。少年也朝大雪纷飞的湖面望去。

"雪好大呀!山路上公共汽车太危险啦。虽说掉到山谷里摔死也没关系,但最后肯定是姐姐获救,只有我倒霉,所以我不干。"

"为什么说'只有我倒霉'呢?"

"因为姐姐不爱我了嘛。"

"啊?"百子望着少年,"过这边来嘛!"

"好。"

少年凑过来坐到长椅子上。百子搂着少年的肩头，一边让他躺在自己的腿上，一边说：

"我问你，那俄国姑娘跟小阿宫接吻时，阿宫这可爱的小嘴闻到什么味了？"

"哦？"少年现出迷惘的目光。

"有一句话说，女孩子一谈恋爱，连呼吸的气味都会变香呢！"百子脸上挂着温柔的笑容，"不过，当时阿宫年纪还小，可能是俄国姑娘出其不意主动吻你的吧？"

说完，百子把脸贴了过来。

"你鼻子好凉！"少年悄声说道。

"那是因为阿宫不在火跟前嘛。"

少年伸出两只手搂住百子的脖子，闭上眼睛。

"阿宫身上一股烟味。把烟戒掉吧！"

"嗯。"

"这样一来，初恋的气味就可以让姐姐闻到了。"

百子把贴在少年脖颈上的手往回抽了抽。短短的头发尖儿扎得疼疼的，百子头一回有这种新鲜的体验。

少年长得水灵灵的，仿佛连眉毛和眼睫毛都湿漉漉地散发出香味。

百子用另一只手抚摸着少年前额上的长头发，隔了一会儿又说道：

"阿宫真会撒谎哟。好可爱呀。"

"没撒谎呀。"

"是吗？俄国姑娘的事，是真的喽？尽管撒谎才是可爱的。"

"要说撒谎，我哪有姐姐高明呀！"

"真是这样?"百子用胳膊揽着少年的后背,斜着往上抱在怀里,口中说道,"小心眼儿是够多的。若是太多了,就讨厌了。"

"不要强词夺理吧!"少年嘟囔了一句,搂着百子脖子的大拇指狠狠地掐了一下。

"阿宫,掐住脖子了,知道么?"

"知道哇。"

"好吧,让你掐……"百子闭上眼睛,把脖子向后仰去。

"姐姐,你是要甩掉我吧?"

"不,不甩。"

"还是别甩吧!"

"什么甩不甩的,男子汉不该老说这种没出息的话。"

"要么,是在耍弄我吧?"

"什么呀!"百子抓住少年的手,从自己的脖子上松开,"耍弄男人的女人,这世界上还从来没有过呢!我很清楚,清楚得很。"

百子呼吸急促,眼里挂着泪花,脖子上留着红红的大拇指印。

少年把脸伏到自己的手指印上,说:

"可是,阿西不是被你玩弄后又给甩掉的吗?"

"这是西田说的吗?"

"是呀!阿西说姐姐是魔鬼,是妖妇……"

"阿西也净说些没志气的话。不是我甩他,恰恰是阿西把我丢到脑后了吧?"

"把我也要丢到脑后么?"

"丢到脑后的,是阿宫自己嘛!阿西甚至跟同年级的女生一起出逃过,有那么回事吧?"

"那是因为姐姐把他甩了嘛!他们跑到伊香保的旅馆,是在那儿被抓住的,对吧?那家旅馆他跟姐姐去过。"

"既然跟我一块去过,又要跟别的女孩子一块去,这种人讨厌死了。"

"别的就不知道了。"

"是啊,阿西的事就到此为止吧。"百子把嘴唇贴到少年头上,"好香的毛毛啊!比你嘴的味儿还香呢。真令人怀念呀。"

"怀念什么?"

"少女时代……"

"姐姐……"少年缩回脖子,"姐姐大概谁也不爱吧?"

百子蓦地抬起脸,但又把脸蛋贴到少年头上,说:

"爱呀。"

"真正爱的是谁?"

百子一直在盯着外面的白雪。

"恐怕谁也没有吧?"

"有呀。爱爸爸。"

"爸爸?爸爸是谁?"少年一下子挺起身来。

"爸爸就是爸爸嘛。百子的父亲呀!"

"什么呀,真没意思。成了撒谎高手了。"

"不撒谎。确实是爱。"百子站起身来,穿过客厅朝有雪的那面走去,"不过,也就如同这雪罢了。"

客厅南面正对着芦湖,镶着落地玻璃窗。

来到窗子跟前朝外望去,一片灰蒙蒙之中渐渐有越来越多的大片雪花清晰可辨,从百子的视野里飘落下去。

百子他们乘四点半的公共汽车踏上归途。

水原和麻子决定坐六点钟的公共汽车出发。旅馆有两名用人拿着行李撑着伞前来送行。脚穿高齿木屐的用人一会儿被雪滑倒，一会儿跌跌撞撞的，把木屐带都弄断了。水原让这名年纪小的先回去了。另一名一开始就打着赤脚。

雪天黑得早，元箱根和箱根镇的灯火已经闪烁在低处的湖岸上。

在元箱根一直等到七点钟，六点的那趟车却还没有发出。原因是从小田原出发的那辆公共汽车没有开到山上来。

汽车公司的售票人员说：

"好像是前面四点半那辆车也出了事故，还在山上呢。在这大雪天里，已经两个半小时了。"

"姐姐就是那辆四点半的车。"麻子看了看父亲，走到售票员那里问道，"您说事故，究竟是怎么回事呀？"

"反正听到的情况是，从小田原开上来的一辆卡车，由于这冰天雪地太滑，翻车了。"

"公共汽车跟那辆卡车撞上了吗？"

"这还不太清楚。人手已经派出去了，一直在了解情况，但那是在山上，根本就没有电话。"

然而大约过了二十分钟之后，听说四点半的公共汽车已经开动了，水原和麻子这才松了一口气。

候车室里只有他们父女二人。

已经无法冒雪赶夜路返回山中的旅馆，因此便住进了候车室旁边的一家旅馆。

向来整理卧具的女佣问了一下外面的情况，回答说旅馆院子的雪已经积了一尺到一尺半厚。

"有个词叫'雪枕'，讲的是'睡在大雪纷飞的夜里'，这才是真正的雪枕哩！受洋罪。"水原脸上露出苦笑，"窗外是湖泊。旅馆在岸边，是这样的吧？"

"好像是。"

湖面上起了风，套窗和玻璃窗都在响。陈旧的六铺席大小的房间，加上硬翘翘的被子。

雪已经刮进走廊里来了。

"爸爸，您冷得无法休息吧？要我过那边去吗？"

"没事儿的。"

"今天晚上又睡不着了。不过，姐姐会平安回去的吧？真叫人放心不下，在冰天雪地的山里待上三个多小时……"

麻子从枕头上望了父亲一眼。

京都的春天

一

水原在花开季节带两个女儿来到京都。

有一个人在战争期间东京的家被烧毁,而后搬到京都,这次买下房子,决定在京都安家立户了,因此便请水原给翻修新家和设计茶室。

"那个人说了,时隔七年的京都舞节今年又恢复了,所以请您务必带上小姐来赏花,顺便请再给看看房子。"水原就是以这个理由将两个女儿劝来的。

可是,百子却和麻子飞快地交换了一下眼神。

"父亲怕是顺便还有另外一件事吧?"事过之后百子说道。

麻子也点头赞同:

"会不会是领我们去见京都的妹妹呀?"

"什么'会不会'的呀,有什么值得稀罕的嘛。我讨厌!"

"可是,姐姐也要去的吧?"

"是啊。我真不想去哩。"

麻子颇为难过地望着百子。

"上一次就是只带我一个人去的热海,这一次又让爸爸只带我一个人去京都么?姐姐简直就像过继的孩子,爸爸岂不怪可怜的啦?"

"本来嘛，麻子是想去京都见见那位妹妹什么的，所以应该去；我可是不想见的，所以还是不去为好。"

"要是这样，还是姐姐一人去。我就算了吧。"

"哎呀，那样爸爸才真是怪可怜的呢，对不对？"

"我若是不去的话，爸爸可能也就不想让姐姐跟京都的妹妹见面了吧？"

"说什么呀！恰恰相反，爸爸是一心想让我跟京都的女儿见面的。麻子已把那孩子认成妹妹，甚至还一个人到京都去找了一趟，所以在爸爸看来，这就足够了。可是，也许因为我还不想认妹妹，所以爸爸才更想让我去见的。"

"啊，还怪复杂的呢。"麻子摇了摇头，"姐姐想得太复杂了。"

"是呀，是够复杂的。"百子也笑了。

"姐姐遇事总想得那么多，是由于妈妈的缘故么？因为我妈妈是继母的缘故吧？"

麻子的语调很轻松，但百子脸上的笑容却消失了。

然而，麻子仍用同样的语调说道：

"自从我妈妈去世之后，我觉得爸爸和姐姐之间反倒变得有点像过继关系了呢！实在闹不明白，心里怪难受的。"

"这次怕是麻子想得太复杂了吧？"接着，百子便改换了话题，"麻子，你是相信妈妈的，相信你妈妈也是真心对我好，如果你是基于这种心理讲的刚才那些话，我也不会太放在心上的。麻子是相信妈妈的，对吧？"

"嗯。"

"那么我也去京都吧。"

"是吗？太好啦！"

"失去善良的好母亲后,父亲心里是很寂寞的。可我却好像不怀好意地存心让父亲更寂寞,实在是不应该,所以……"

"连我都寂寞呀!"

"是啊,我也寂寞呀。"

麻子点了点头。

麻子内心里浮现出在严冬的芦湖上跟竹宫少年疾驶摩托艇的姐姐的身影。

"也许爸爸并没有让我们见京都的妹妹的打算呢。说不定就只是带去赏花的。因为爸爸一个人去,会有种莫名的惆怅……"麻子说道。

"是呀。"百子也回应了一句。

水原父女三人乘晚上八点半的银河号列车离开东京。

二等车上座位比较空,三个人占了四个人的位置。这就等于说,父女三人中有一个可以伸开腿躺下了。

开始是水原躺着,但却说什么也睡不着,于是到沼津附近便换上了百子。

百子也说睡不着,过静冈后又换成了麻子。

百子向父亲劝道:

"爸爸,您还是订个卧铺吧?好像还有一个空铺,向列车员问一下吧?"

可是,父亲却根本不想一个人去,对于能这样在身边跟百子待上十个小时,仿佛感到很珍贵似的。

麻子是真真正正地睡着了。

"看来还是麻子最轻松,能睡得着呢。"百子说道。

"嗯。可是,带她去热海那次,好像没睡着哇!"父亲说。

百子沉默了一会儿，眼睛望着车厢上的网架，口里却说：

"看上去都是常出门旅行的人，行李都不多呢。"

"是啊！社会上差不多又都恢复原样了，又能轻装出来旅行了。"

"爸爸也常常外出旅行，坐夜车怎么会睡不着呢？"

"睡得着的。"

"那您就休息吧。"

"百子也该睡一会儿了。"

"嗯。要是我一个人不睡，又要让麻子说像过继的孩子了。"

"麻子竟会说这话？"

"所以我回答说，如果麻子是相信妈妈从没把我当成过继孩子对待的话，这样说也没关系的。"

父亲合着眼没有吭声。

"麻子为这些事也够操心的了。不管是爸爸，还是我……"随后百子也闭上了眼睛，"妈妈去世以后，麻子内心里好像就把家中事务当成了自己的责任。对爸爸，对我，都想着由她一人好好照料……"

"是这样的。"

"为麻子着想，我还是离开这个家为好。"百子说道。然后又仿佛赶紧主动接上自己这句话似的，追问道："您说对吗？这是明摆着的道理嘛。"

"没有用的话还是不要说吧！也许麻子会听到的。"说着父亲睁开了眼睛。

"睡得正香哩。"百子仍旧合着双眼说道，"麻子能早点结婚也不错，只是……若是重蹈我的覆辙就讨厌了。"

百子紧闭的眼皮里感到一股热乎乎的刺痛。

"不过,爸爸是不会轻易把麻子送出去的。您会感到孤单……"

"还不至于像你说的那样吧。"

"会的。我很清楚。"说罢,百子的肩头就颤动起来了。真可怕呀!

麻子和自己,即妹妹跟姐姐,正在争夺父爱。

这正像当年麻子的母亲跟自己的母亲争夺父亲的爱一样。

……

百子在心中否定道:这种事是不存在的。二人的母亲并没有争夺过父亲的爱。自己母亲与父亲的爱破裂以后,麻子母亲与父亲的爱才开始的。也就是说,并不是两个女人同时爱上了一个男人。时间上有先有后。

但是,即使百子想以这样的理由来抹去头脑里的那种看法,心底里的一股无名火也依然无法消除。

那股火在紧闭的双眼里仿佛变成了一团火焰,令百子产生了一种恐惧。

难道自己命中注定要接受已经自杀的母亲的那份爱吗?

对于父亲和继母之间的爱、父亲和异母妹妹之间的爱,自己一向是嫉妒的,难道嫉妒还包括母亲那一份在内,是双份的吗?

百子从父亲身边轻轻地移开一点儿,把身子靠向车窗。

父亲睁开眼,仿佛在盯着自己,百子心里感到很不自在。

然而,父亲很快又迷糊过去了。

麻子到米原才起床。

因为历来就喜欢早睡早起,麻子一睁眼便满脸挂笑,口里说:"真讨厌。大家都起来啦!本来都是那样睡着了的,却偏偏要摆出一副根本没睡的面孔，都瞧起我来了。"说完便显出一副怪不好意思的样子。

"那是因为，一个年轻姑娘好晚了还在睡嘛。"百子也笑了，并往四周看了一眼。

男乘客大都像早已洗漱完毕的样子，正襟危坐地坐在那里。百子也早就化完了妆。

洗脸间里已经停水，麻子只用雪花膏擦了擦脸。

为了能擦到脖子根下面，麻子解开短外套的一个扣子，百子好像担心妹妹的肌肤被谁偷看似的，赶紧用目光向四周扫了一圈。

"稍往后转一下。"百子把妹妹的头发给理直了。

"到琵琶湖了。一大早就是阴天。"麻子望着湖面说道。

"早晨阴成这个样子，反倒会变成好天气呢！"百子说。

不料麻子却说道：

"天阴成这个样子，就不会有彩虹啦。"

"彩虹？啊，对了，听你说过，去年年底从京都回来时，在琵琶湖上看到彩虹了，是吗？"

"嗯。那个人说，从东海道来回走好多次也未必能第二次见到琵琶湖上出彩虹呢！"

"就是麻子很佩服的那个人吧？一个男人自己带着婴儿，而且照料得很好，是他吗？"

"是。那人还说，琵琶湖岸边油菜和紫云英很多，在春暖花开的季节里，若是再升起一道彩虹，那才令人感到幸福呢！"

父亲也朝窗外眺望起来。

彦根市的古城墙已清晰可见。墙下有一片盛开的樱花。

火车一驶进京都东山区的山科地段，樱花便多了起来，使人感到已经到了花城京都。

京都城里，街道上挂着一串串京都舞节的红灯笼，奔驰的市营电车上，车厢两边都挂着写有"知事选举"四个大字的宣传牌。

水原父女三人住进三条附近的一家旅馆，吃过早饭后便命人铺好了床铺。

当麻子醒来睁开眼时，父亲已经不在了。

枕头旁边有一张父亲留下的纸条，上面写道：

"姐俩好像都睡得很香，因此不叫醒你们。到大德寺去，傍晚前回来。先去看看京都舞节吧！"

麻子不禁吃了一惊。

两张京都舞节的入场券放在父亲留言的纸条上。

二

水原来到位于京都市北区紫野的主寺院大德寺境内的聚光院大门前，刚一站定脚步，两只黑狗就先于主人从里面跑了出来。

对于在屋子里养的狗来说，这两只狗是够大的。它俩长得几乎一模一样，而且以一种近似立正的姿势并肩站好后，立即居高临下地向水原投来俯视的目光。一声都不叫。

水原被逗得微微发笑。

"哎呀呀，水原先生！好久不见了。……"女主人出来说道，"难得您突然大驾光临呢！"

"好久没联系了。"水原应道，"这两只狗怪有意思的嘛！规规矩矩地列队出来迎接，倒有点像行脚僧呢。是什么品种啊？"

"啊，我想想，叫什么来着？"女主人漫不经心地答道，"反正是一种普普通通的狗吧。"

"还是老样子嘛！"水原心中说了一句。

进到屋里之后，又重新致意问候一番，女主人旋即起身出去，很快又转身回来了，边走边说：

"没有什么好东西可招待的，只有这花……"

青竹花瓶里插着三大朵白山茶花。

水原的感受是，既纯净又洁白。

"是单瓣的。不，有一朵是重瓣哩。"

女主人把白山茶放到角落里的一张小桌上。

"方丈院子里那棵大山茶树正在开花吧？最旺的时候大概已经过去了。"水原说道，脑海里浮现出那棵大山茶树对面以远处的比睿山为衬景的庭园。

"可能还有好多花哩。山茶花开花时间长。"女主人说。

水原看到原先的小花瓶里只插着一朵花，便问：

"这是什么花呀？"

"啊，什么花了？叫'巴衣毛'吧。"

"巴衣毛？巴衣毛的汉字怎么写？"

"啊，这个嘛，写'倍之芋'吧？大概是大一倍的芋头吧！"女主人轻而易举地答道。

水原被说得莫名其妙，不禁笑出声来。

"是读成'巴衣衣毛'的'倍芋'二字吧？"

这种花呈绿色，形状介于铃兰花和桔梗花之间，被说成倍芋也不无道理，它的花确实是开在像芋头一样的细蔓上。

"水原先生，这次是您一个人吗？"女主人问道。

水原这才意识到，她当然不知道自己的妻子已经死去了。

"实际上……"水原显出有点难以说出口的样子,"我是想见见菊枝才到京都来的。"

"啊?"

"就是当年曾跟我一块来贵寺的那个女人……"

"噢,对,对。"女主人连连点头。

"还抱孩子来过。"

"对,对。"

"其实早就分手了。所以,估计在贵寺见面是不会出问题的。只是玷污贵寺了,但……"

"到这里来?"

"很可能会来的。"

"是吗?"女主人仿佛根本就不介意,"您的茶就等来了以后再上吧。啊,对了,还是先把老和尚叫来吧!一定在猜是哪位来了呢。若听说是水原先生,肯定会高兴的。"

说完,女主人便起身离去了。

老和尚看上去像是患过轻度中风的样子,进来时还拖着一条腿。

满头漂亮的白发,令水原大感意外。

下颌和两腮的胡须任其自生自长,正中间托着的是一尊红扑扑的圆脸。正是老年人那种红光焕发的漂亮脸色。雪白的长眉,与其说是僧人,不如说更具仙人风姿。

下颌上的长胡须,宛如少女发辫般的编成三股,从胸前一直垂到肚脐眼附近。编成三股的白胡子好像在闪烁着银光。

水原看得迷住了,口里说:

"好漂亮呀。"同时做了个捋胸前胡须的手势。

"这是学阿伊奴人的样子。"长老说,"前年去北海道时,他们教给我说：弄成这个样子，既不碍事又好看。果然好多了。"

听了长老的这番话，再看看他把满头白发在脑后打了个结的样子，就更让人联想起阿伊奴族的老年人了。

"完全变成土著人啦！一个古都城里的土人。"长老笑了，"我讨厌剃光头，所以头顶上只好这样了。"

"还是这样好嘛。"水原说。

"原先都是我自己唰唰剃成光头的，可自从病倒以后，手不听使唤，剃不成了。若到理发店去剃一个光头，您猜猜看，要收五十元呢！在寺里资金紧张的年代，简直是干傻事了。"说完，长老又笑了。

在那又长又白的眉毛下，长老的双眸显得炯炯有神。如果觉得这对又黑又亮的眸子也跟阿伊奴土著人很相似，那也确实不错，但水原感到的却是水一般的清澈。

"老法师高寿了？"

"啊，已经七十了。"女主人答道。

水原谈了些有关京都熟人的话题，但发现有些地方长老并未听进去，因此便说道.

"老法师耳朵好像有点发背了呢。"

这句话长老听到了，口里说：

"记不清具体时间了，有一次在那边的渡廊上踩空了一脚，摔到院子里去了。打那以后耳朵好像就不灵了。人家说黄莺在叫，可我却听不到。但也有例外，有一天早晨洗脸，正捏住鼻子使劲擤鼻涕时，耳朵里却听到了声音，哎呀，这不是黄莺在叫吗？"

水原突然竖起耳朵听了一会儿。

"现在就有黄莺在叫哩！"

真的传来了黄莺的叫声。

在这一片静谧之中，估计菊枝的脚步声就该到了，水原依旧在留心细耳倾听，然后说道：

"来到京都一看，到处都是鲜花，可大德寺里却没有樱花，也蛮好的嘛。基本上是一棵也没有吧？"

"因为樱树把院子弄得不成样子。"老和尚说。

"花要凋谢，再加上落叶，把院子都搞脏了。"女主人补充道。

老和尚接着又说：

"樱花对寺院来讲有点过于华丽啦！大德寺的和尚也沉湎在花团锦簇之中就麻烦了。"

而且，老和尚还说，过去确实有一棵樱花树，叫近卫樱，据传是近卫公栽下的。

水原边听边在心里想象着从松树下铺石路面上走过来的菊枝的身影。

然而，毕竟多年不见了，她变成什么样子了呢？

黑山茶

一

京都女子腿漂亮，嘴唇柔嫩。这实际等于说，京都女人皮肤长得好。但水原心里之所以有这种看法，也正是因为菊枝就具备这些优点的缘故。

尽管对面是位老和尚，水原却在心里想起了菊枝那柔软的嘴唇。

那仿佛是任凭男人吮吸的嘴唇，又光滑又细腻，水原在刚一碰上的一刹那间，立时有一种接触到菊枝全身肌肤的感觉。

然而，水原当年曾咬过菊枝嘴唇的牙齿早已脱落，如今门牙全部是后镶的。

菊枝的嘴唇恐怕也早已变得干涩了吧？

"老法师，您的牙齿怎么样啊？"水原不禁脱口而出。

"牙？土著人的牙结实着哩。"满脸胡须的长老露出整齐的牙齿给水原看，"我就是您看到的这副土著人的样子啦！但大德寺各处的建筑自战争以来却全都处于风雨飘摇之中，照这样下去，再过十年恐怕连影子都看不见啦！"

女主人也气愤地诉说了现如今的孩子们是如何糟蹋寺院的。其中尤以棒球的危害最大。

"正殿大门口有一尊国宝，叫什么桃山之鸟吧——他们把球砰砰地使劲往上敲，羽毛什么的全都掉光了，糟蹋得不成样子。连头也不知给扔到什么地方去了。"

"这可太不像话了。"水原也说道。

"'战后派'的孩子就是乱蹦乱叫的一代，随便折腾，随便破坏！任凭谁说什么都听不进去。简直把自由理解得没边没沿啦！"

作为长老的太太，女主人胸前戴着由三幅竖条棉布缝制的围裙，活像京都郊区农村一名普普通通的劳动妇女，此刻也用上了"战后派"之类的时髦词儿。

女主人还说，棒球常常飞进院子里，小孩子们随即翻墙而入，每折腾一次，瓦就要掉下几块。

据说，为了避免那些无法无天的小孩子不分场合地到处玩游戏，原想在南边给他们修一个运动场，但这样一来，邻近的高僧灵塔及其旁边的瞻仰僧坊四周的围墙就要被毁得面目皆非，而且根本出不起庞大的维修费用。

长老说，原先寺院门前那条街上，住的人大部分都是为大德寺供差服务的，可现在却不一样了，都是从外地涌来的疏散人员，小孩子根本就不知道大德寺是怎么回事。

"汽车也突突地开到山里来了。和尚们也图方便，乘汽车一直开到寺院里面。本来外面大门下边有一道横木，是用来防止车辆通行的，而今也把那条横木给搬走啦。"

尽管对寺院的日渐荒废叹息不已，然而长老本身的形象却宛若春天里一座青山的化身。

水原感到有一种愿望在吸引自己，真想对长老谈谈旧日的女人。水原心里想说的是：

"老法师，仅凭早已分手的那女人柔软的嘴唇这一条，就已经让我陷入可怜的回忆之中啦！"

虽说并非由于头发呈茶褐色的缘故，但菊枝眉毛等处的颜色还是显得有点淡。眉毛好像色素不足，相比之下皮肤还算是白的。

淡眉、美腿、软唇，这些也可以说反倒成了促使水原与菊枝轻易分手的因素。

因为性格浅薄的女人往往被看成是容易绝望的人。

自那以后，水原也曾在京都偶尔见到过口形与菊枝相似的女人。嘴唇与齿龈能合在一起，是菊枝口形的一大特色。齿龈既非裸露太多，亦非向外突出，然而偏偏在说话时会忽隐忽现地露到外面，令人想到她嘴唇的光滑。

嘴唇也是有光泽而不怎么红润。与东京女人相比，水原常怀疑她是不是用错了口红，但实际上却是因为唇部本来的颜色不同。齿龈和舌头也是纯粹的粉红色。

每当碰上这种口形的女人时，水原总是马上就想起菊枝，尽管每次都感到后悔，但仍差点就要突然跟人家搭腔。

水原很想跟长老谈谈菊枝，但又说不出口，于是便把视线投到院内树影下的青苔上。就在这时，女主人说声"来啦！"便起身出去了。

水原的心一下子收紧了。然而，出人意料的是，这并不是对菊枝感到内疚，而是对死去的妻子澄子感到内疚。简直就像背着还在世的妻子与菊枝幽会一般。事情实在是出乎意外，水原不禁心头一惊。

菊枝首先向长老问候致意，然后才冲着水原说：

"让您久等了。欢迎您的到来。"

菊枝只简短地说了一句，便垂下了目光。

"狗跑到大门口去迎接,吓了一跳吧?"水原说。

"这次是猫啦!"女主人若无其事地从旁插嘴道,"可是,那猫却不懂礼貌,竟嗖的一下从木板缝里蹿走了!"

菊枝微微一笑,说:

"狗也从里边盯着呢。"

"是吗?"

"简直成了猫狗乐土啦!……"老和尚开了句玩笑,"不过,总比变成狐狸世界要好得多,还是充满人间味道嘛。"

老和尚怔怔地打量着菊枝,看样子是早已记不起来了。

女主人看出菊枝有些不知所措,便对她说道:

"只顾等您了,连茶还没上呢。"

随即又望着水原说:

"怎么样?还是请您入席吧!"

"好。"水原站起身来。

大家进入三铺席大小的茶室。据传这茶室是把日本历史上著名的茶人利休剖腹自杀的那间房子原样移过来的。

"还是由您来点茶吧?"女主人冲菊枝说道,"太麻烦了,就用茶盘好了。"

"老法师呢?"

听到水原在问,女主人答道:

"还是不动地方舒服,就让他待在那边吧。"

说完女主人也走开了。

在一片微暗之中,菊枝一边让搅茶的茶刷发出声响,一边压低嗓门悄声说道:

"一直想见到您呢。接到让我来聚光院的电报,我还在说呢,真有点怪呀！要是告诉火车的时间，本来可以去接的嘛！也许还有哪一位跟您同行吧？……"

"是啊。把两个女儿带来了。"

"哎呀！"菊枝抬起头来，"是跟小姐来赏花吗？"

"今天早晨到的。趁女儿睡着的时候溜出来的。"

"真不应该呀！这样我心里怪不好受呢。"

菊枝把掌上的茶碗稍转动一下，那只手一直在发抖。

水原则伸手抓了几粒大德寺制作的纳豆。

菊枝以跪坐的姿势膝行靠近过来，说道：

"若不是在利休先人的茶室里，我真想当着您的面大哭一场呢！"

水原也朝茶室四面看了一下。身上有点紧张。

"这座席上只有您跟我两个人，心里好害怕。好像死也甘心了。"菊枝说道，"以前，在利休忌辰时曾跟您来过呢！"

"对，是什么时候啦？"

"是几年前的三月二十八日吧？您不记得了？真是的！"

二

"太太，是百日红吧？"菊枝仰望着院子右手那棵树问道。

"那是娑罗双树。"女主人大声回答说，"跟百日红叶子不一样。树枝什么的，也不像百日红那么又细又密。"

"这就是娑罗双树呀？"

"就是传说中佛祖圆寂时，很快就枯干变白的那种成双成对的树哇！好像还画到涅槃图上去了哩。"

"好珍贵的树啊。"

"花朵很大,雪白雪白的。要是看见那些花飘落下来的样子,就能明白《平家物语》开头的一句话了。'祇园精舍之钟声,娑罗双树之花色……'一到傍晚呀,开得圆圆的花朵就吧嗒吧嗒地往下落哩!"

"是早上开,晚上落么?"

"是的。"

女主人离开水原和菊枝,坐到方丈室另一端的套廊上去了。

大概是因为二人没再从茶室返回去,所以才来看看的吧!

二人在那之前就已离开茶室,待在方丈外面的套廊上了。

女主人也来到这边,打开纸拉门以便观看隔扇上的画,然后又立即走到远处坐下了。

隔扇上的画和庭园里的垒石艺术,水原都已多次见过,所以便似看非看地瞧了一眼,随即坐到檐廊边上。

菊枝则坐到了水原身后。

"墙跟前那棵,是这棵娑罗双树的第二代。"女主人说,"是在这边培植的,并不是从天竺传来的,所以不知会开出什么样的花哩!"

"还没开过花吗?"

水原把目光盯到那棵小树上。树枝并不曲曲弯弯,像白杨树似的伸得很直。

"没有。"女主人口里答道,眼睛似乎一直在暗暗盯着菊枝,"太太,您也不必太辛苦啦!人的一生就是那么回事,苦也是过,乐也是过嘛。"

"啊?"冷不防听到是冲自己说话,菊枝便把头扭了过来。

"不管怎么说,反正这个世界都是够人受的,若是总那么鼓着劲的话，会吃不消的。放松点吧！"

"多谢了。确实是这么回事呀。"

"没什么。由于心情的关系，有时对本来无所谓的事还会大伤脑筋哩。"

"您讲得很对，可我还没有完全醒悟哩。希望能让我常常到贵寺来，听听老法师说法，那样就好了。可是……"

"那倒大可不必。我家那和尚，与其说已经参悟了，还不如说一点本事都没有，只是脸上做出一副好像已经参悟的模样罢了。不过，除了参悟之外，也有一点还算可以，就是已经到了无为无欲的年岁啦！唉，只要还活着，就会越来越明显的。"

"上了年纪的老人若是欲望更强，是很了不起的。"

"哪里，哪里，不是那么回事。所说的欲望，不只限于金钱……为什么要生成个女人呢？您现在有时也会这样想吧？"

"是的。"

"这些事就不说了吧！"女主人像有意丢下这句话似的，站起身走了。

菊枝一边望着女主人刚才坐过的套廊那一带地方，一边向水原说道：

"讲的倒是不错，但很像是在提醒我们的，有察觉吗？您讲过什么么？"

"什么都没讲。只说要跟你在这儿见面。"

"是吗？是我的脸色被看出来了吧？累得憔悴不堪，浑身脏乎乎的，所以只好由她说了。不过……您说见的是什么人了么？"

是见早先分手的女人——若这样实话实说，水原当时也难以出口。

"看样子她是想说：要是引诱您，那可不行！真是个糊涂虫！"菊枝故意做出笑脸望着水原。

水原对任何诱惑都麻木了。

只不过是早就分手的女人罢了。或者说，肯定是早就分了手的女人。可是，如今一旦跟菊枝面对面坐到一起，反倒似乎没有"过去的女人"那种感觉了。

说是彻底的幻灭也不算过分。

不过，这并不等于说，现在的菊枝就跟过去的她在模样上有多大变化。而且那双类似色素不足的淡褐色的眼睛，过去一抱到怀里就有一种清澈透亮的感受，现在已经有点呆滞了。那嘴唇也有点脏兮兮的。跟嘴唇颜色差不多的乳头恐怕也有点干瘪了吧。然而，菊枝仍比实际年龄要显得年轻。并不像她自己说的那么憔悴不堪。

水原在想，由此看来，是分别期间的岁月在自己与菊枝之间造成隔膜了吗？

水原仿佛是在隔着那些岁月的墙壁与菊枝见面的。

不，这简直就不是在会见菊枝，而恰恰像是在会见那些早已逝去的岁月本身。

二人的问题也同样由时间给彻底解决了吗？难道还要让时光继续给消磨下去吗？

当初是明确分手的，所以似乎完全可以就此互不相干了，但水原却实在寂寞难耐，并感到对不起菊枝。

水原竭力在内心深处重温菊枝昔日的亲爱之情和令人怀恋之处。

谁知事与愿违，已经死去的妻子竟出人意料地又在水原心中复活了。

水原甚至怀疑，难道是由于失去了耳鬓厮磨的最亲近的妻子，甚至把对菊枝的亲爱之情也失掉了么？

水原对菊枝此刻在想什么也难以做出判断了。方才讲的那些话，是不是出自菊枝的本心呢？

再加上还有一种想跟菊枝更贴近一些的焦躁心理在起作用，水原便说道：

"其实，我老婆去年就死了。"

"哎呀！"吃惊的菊枝望着水原，眉宇间露出忧伤的神色，"是吗？我心里正在琢磨，不知为什么您显得很消沉呢。您太伤心啦！"

菊枝脸上现出为难的样子，看上去都要哭出来了。

"一直在心里惦记着您，不知怎么样了，谁知竟遇上这样不幸的事啦！"

"女儿的三个母亲当中，只剩下你一个了。"

"确实是啊。剩下个废物，真是怪透了，简直是坏得不能再坏了呀！"

"就是说，如果我死掉了，能想起我的女人也只剩下你一个了。"

"您别吓唬我。竟说出这种话，您是太寂寞啦！"

"可是，难道这不是事实吗？"

菊枝目不转睛地望着水原。

"倒不是为了死后希望你能想起我，只是感到以前对你更好些就好了。对不起了。"

"您说什么呀！这些话应该对您太太讲嘛！您对我的好处，我一天也没忘过。"

尽管是在向菊枝道歉，但却正如菊枝所说，水原也感到仿佛是在向死去的妻子表示歉意似的。

"既然太太已经去世了,您为什么还要来见我呢?太太若是在天有灵的话,她会难过的。若是让等在旅馆里的小姐知道了,会怎么想呢?"

水原难以作答了。

"真不该呀!"菊枝摇了摇头。

沉默了一会儿,二人才站起身来。

"去利休先人的陵墓……"水原在门口说道。

"好,马上开开。"女主人拿着钥匙走了过来,把木门打开。

站到利休墓前,菊枝说道:

"您太太的墓修好了吗?"

"没有,还没修。"

"是吗?太太也参拜过这座利休的陵墓吧?太太参拜过的陵墓,我也来参拜。请多包涵啦。"

菊枝口里说着,双手合十拜了起来。这女人对水原来说简直是个谜。

分不清是女人的真心还是习惯。

虽说是水原"从前的女人",但现在也肯定成了伺候别个男人的女人了。

三

出了聚光院的寺门,便可以看到有条路直通西边远处的一座小山包,再往里面就是小堀远州修建的孤篷庵。

出孤篷庵再往西行,有一条路可通本阿弥光悦隐居过的鹰之峰，水原以前曾走过这条路。

从聚光院到孤篷庵是一条笔直的路，路旁青松修竹寂静肃穆，影子静悄悄地斜投在路面上，水原停住脚步仔细观赏起来。

路的北侧有一排被称为"塔头"的在高僧灵塔旁边修建的瞻仰僧坊。

"聚光院那位老法师，浑身上下的模样好怪呀！"菊枝说道。

水原仍目不转睛地瞧着脚下的路，口里说：

"说是土著人嘛，学的是阿伊奴人的打扮……"

"原来是这样。真令我大吃一惊哩。"

"可以成为一幅有趣的禅宗高僧肖像了。"

"什么？"

"就是指禅宗里高僧的相片嘛。"

"是吗？得好好记住，是叫肖像吧？把胡须编成三股辫子垂在胸前，这可从没有见过。"

"是位别具一格的和尚哩。"

"头发就那么胡乱长着，根本就不管不理嘛。就那样习惯了，还挺不错呢！脸倒是变得好看了。"

"年轻时是位美男子和尚哩。据说能当一教之长，倒颇有那种威仪，但后来大概还是与尘世随波逐流了。"

"到底还是不一样啊！年轻时什么苦都吃过的人才会超凡脱俗哩。这就叫'烦恼即菩提'吧？"

水原迈步朝总见院[1]门口走去，口里在说：

---

[1] 日本战国·安土时代著名武将织田信长（1534—1582）的家庙。——译注（全书注释均为译者注）

"山茶花已经开了吧。"

麦田对面有一棵大山茶树，据传是太政大臣丰臣秀吉特为留给后人栽种的，现在正花满枝头。

可能是在战争期间将院子都改成耕地了。小麦已经抽穗，绿油油的麦田之中，一棵大山茶树拔地而起。枝头开着白色和黄色的花，在山茶树诸多品种里算是细朵小花了。

"我还抱着若子来过哩。已经过去十五年啦！"菊枝说道，"那次也是这样，满院子里一个人影也没有。我说，一个人也没有呀！若子就接过去说：有花嘛。您大概已经不记得了吧？"

"是啊，是有那么回事。"水原也想起来了，心中不禁感慨万端，仿佛偌大一个世界就只剩下一棵大山茶树似的。

"要是能重新回到那个时候该多好啊！就说今天跟您见面吧，我若还像当时那么年轻该多高兴呀！"

"只我一个人一年比一年老也够难办的呢。"

"没关系的。男人多大都不老，所以只要我年轻就行了。"

"你净讲一厢情愿的事。"

"一厢情愿的是男士先生啊。不妨扪心自问一下嘛。等着瞧吧，女人一上年纪，他心里就腻烦啦！"

"你这边……"水原以略带郑重其事的语调问道，"那以后，一切都好吧？"

"嗯，谢谢。托您的福，总算让我一步一步地坚持过来了。"菊枝讲过例行的客气话，接着又说，"人呢，什么时候都得学会含辛茹苦啊！没有舒服日子的。"

照理水原已没有资格更多地过问菊枝的生活，但有一点是可以想象的，即在战时和战后，以色相为生的菊枝带着两个孩子过活，肯定吃尽了难以言喻的苦头。

"若子的情况,我老婆生前好像也一直挂记在心的。"

听到水原这样说,菊枝马上应道:

"是吗?太感谢了。这可不敢当,实在是对不起呀!等您太太忌日那天,真得好好拜一拜呢!"

菊枝这番道谢的话,在水原听来纯属虚与应酬之辞。

"若子一直像宝贝似的由我抚养着。"听菊枝这话好似在替别人照看孩子,"为了若子,老大可受苦受累了。"

"姐姐怎么样了?"

"您问有子吗?已经出山了。"

大概是指下海当艺伎了吧。

水原从大山茶树跟前离开,走出寺门。

"有子可能是从小吃苦太多的缘故,变得有点冷漠无情,对若子也没有姐妹温情。"菊枝边走边说,"若子性情倒很温柔,只是……"

"把她带到这儿来就好了。"

"是想带来的。但怕那样不知对您是否合适,所以……"

"倘若知道是生身父亲,就不能大模大样地见面了。"

"您说什么呀!小的时候那个可爱劲,能忘得了吗?一说是去见父亲,若子就眼泪汪汪的,一直送到大门外呢。"

"是吗?"

"她姐姐有子去年生了个女孩,那孩子的爸爸才有意思哩。明明还很年轻,却偏要把孩子接到东京去,由他一个独身男人自己来抚养。经常抱着孩子坐火车来见孩子她母亲。像他那样的男人真少见。还反反复复地说,跟有子结婚也行。那不是太可惜了吗?会遭

068

报应的。怎么说有子也不干。我也说，没关系的呀，即使没有你，也绝不让若子干活，我非常尊重若子的父亲，所以会爱护若子的。说了这些也没用，有子这孩子真是怪得没法捉摸。即使人家到京都来了，她也不大主动去接近。照看孩子之类的事，都是由若子来负责的。有时看他太可怜，实在看不过去了，我就狠狠心对他说：您怎么会有艺伎的孩子呢？究竟是不是您的孩子，确确实实是说不清的呀！就是把孩子丢下也没关系嘛！您看我，就是这样坚持过来的，没有父亲，照样带着两个女儿，所以呀……无论怎么苦口婆心地讲，就是不听。有时甚至对若子这样说过：干脆由你带上这个孩子逃到别处去算了，这样一来他也许就会死了这条心了。"

菊枝未必是有意拿这位奇特的父亲做标准来责怪水原的，但水原却被刺痛了。

水原暗想，或许就是去年年底麻子从京都回东京途中在火车上遇见的那个带着婴儿的男子，难道他就是若子姐姐的孩子的父亲吗？

此外还知道了一件事，由菊枝刚才那一大段话可以听得出与水原分手之后，她似乎再没生过孩子。

同时也知道，水原的亲生女儿若子，在菊枝身边看来一直是备受爱护的。

"实话说吧，前天他又抱着孩子来啦。今天说是去看舞节了。"

"噢？我女儿也该到舞节上去了。"

"真的吗？这下可不得了啦！"菊枝这次的吃惊可非同小可，"他们会碰上的呀！怎么办呢？万一若子跟着去照看孩子，说不定会遇见小姐的。"

"是啊。"

"您光说'是啊'就没事了？我可不愿这样呢！因为都不认识，见到了也不一定知道，看来并没什么关系，只是若子太可怜了。够可怜的呀！真真是对不起了，还不想让她跟小姐见面呢！您看，这若是跟爸爸见面，若子还不知该怎么高兴呢！"

"这个问题嘛……"水原说，"我就是准备引荐给若子才带女儿来的嘛。"

"是吗？"菊枝意外地平静下来了，"是因为您太太已经去世了吗？"

水原感到仿佛被泼了一瓢冷水，但还是耐心地说道：

"那倒不是。去年年底，麻子曾瞒着我和她姐姐，自己一个人到京都来找过妹妹呢！"

"有这回事吗？一点都不知道。"

菊枝对此也显出吃惊的样子。然而还是冷冷地说道：

"还是'眼不见心不烦'为好哇！照说呀，还是什么也没找到的好，安静多啦！那种让人背后戳脊梁骨丢人现眼的事，根本就不值一提嘛。"

"麻子根本就不是来了解你们情况的。跟我都没说一声，完全是她自己出于好意来的嘛。当然，保不准里面也包含有失去母亲的感伤心理。"

菊枝点了点头。

"对不起。是我们生性太怪了，所以……而且您的这些话也实在来得太突然，因此还毫无'接收态势'的准备。"

"希望你们能考虑一下'接收态势'这个问题。"

"好的，太感谢了。因为若子也是'父母所生身'呀！"菊枝竟出人意料地讲了一句佛教用语,"可是话又说回来了,您的意思是要把若子从我这里带走么?"

"啊,至于这件事嘛……"水原含糊其词地应了一句。

"噢,是这样。若子自有若子的命运吧。只有一件事我可以向您保证,就是那孩子从来就没忘记过自己的父亲。"

"是吗?我也常常在想,我有三个女儿,三个女儿的母亲各不相同,可女儿们都很惦记我。"

"这倒不错嘛。足以让人挺胸自豪了。女孩子嘛,将来总会有着落的。"

二人不禁相视而笑。这才意识到一直在站着说话。

竹影已经移到脚下了。

走进龙翔寺院门,长方石板路两侧的红叶树生机盎然,枝上已经长出嫩叶。鲜亮的新绿仿佛把地面照亮了几分。

水原与龙翔寺的长老是战争期间在上海认识的。

他比聚光院长老年轻许多,而且仪态端庄,回忆了在中国时的情况,又谈到近来在美国兴起的研究禅的话题,水原一直在洗耳恭听。

说是让水原尝尝自己家做的菜,原料主要是后院竹丛里的新鲜竹笋,于是便移席往茶室走去。

"哈,是黑山茶哩!"水原说着便朝挂在墙上的花走了过去。

长老站在水原身后说:

"遗憾的是没有漂亮的花蕾了。其实今天一大早我就去看过,已经相中了一枝开花的,刚好上面还长着漂亮的花蕾,可是想到还是新鲜的好,当时就没剪。待到后来去取那枝时,却发现不见了,怎么找也没找到。围着山茶树转了多少圈,也没有今天早晨那枝。因为是在庭园角上，真没想到居然还会有盗花贼呀！太可惜了。"

插在竹筒里的这枝花上也长着花蕾。然而，长老似乎是一心想让水原欣赏更黑的花蕾。长老说，花蕾比花还要黑，一到春天便又变淡了。这就是越黑越好的道理。

这里的黑山茶花朵也很小，类似天鹅绒般的厚花瓣开成宛如松果般的形状。是一种珍贵的山茶树种。

离开龙翔寺，顺路到了另一处寺院——高桐院。

在这里也被招待进了茶室，这间茶室据传是把利休的居室原样移过来的。

"是白棣棠加上六月菊吗？"水原看到了壁龛里的花。

"是的。是六月菊。"长老答道。

这种汉字写成"都忘"的花，别名叫"六月菊"，属人工栽培的园艺品种，跟野菊花很相似。

"东京大概已经没有獾了吧？"长老说道，"这屋子地板下面就有獾。"

"嗬！一只吗？"

"似乎有三只呢！经常出来到院子里玩哩。"

还把寺院后院木门下边锯掉一块，开了个洞，好让獾自由出入到竹丛里去。

水原走下台阶到院子里，又去参拜细川幽斋的墓。

"陵墓上用石灯笼很好嘛！利休的墓地也不错。这些先人真令人羡慕啊。"水原说。

水原绕到灯笼背面，正在看缺损的地方，菊枝从身后说道：

"这山茶花，我也想要一瓣保存起来呢。"

"啊，这枝黑山茶？"

水原手里拿着一枝从龙翔寺要来的插花。

"想给若子也好好看看，所以……"

"对呀。"水原将一小枝黑山茶递给菊枝。

"一瓣就行了。"菊枝捏下一片花瓣。

这株黑山茶花，水原当时就是想着给女儿看才要来的。

花的篝火

一

因为姐姐还在熟睡，麻子便蹑手蹑脚地走出房间，一出门便在走廊里碰上了女佣。

"您要洗'阿脸'吗？"女佣操京都方言问道，并随后跟了过来，把洗脸间电灯打开，给客人放好水，最后把身后的帘布拉严。

这家旅馆的洗脸间都隔成单间，每间只供一人使用，三面都是镜子。

麻子一边洗"阿脸"，一边想起今天早饭时女佣用京都方言讲的"阿薯""阿豆"。作为京都特产被称为"虾芋"的芋头和豌豆，京都制作得都很鲜嫩，但同样鲜嫩的竹笋和豆腐皮，京都话却从不讲"阿笋"和"阿皮"。

趁百子还没起床的工夫，麻子本想悄悄地给去年年底来京都时曾住过的朋友家打个电话，但转念一想，还是不要马虎行事为好，因为父亲来京都的目的和姐姐的心情都还不十分清楚。

返回房间，正在看京都舞节的说明书时，百子说话了：

"爸爸呢？"

麻子转过头去，问道：

"睡醒了？"

"还没睡够。因为在火车上,只有我一点儿都没睡。爸爸还迷糊着了呢!"

麻子把父亲留的纸条递给百子。

百子淡淡地说道:

"噢?大德寺?"

"太过分了吧?刚一到就被甩掉啦。"

"很好嘛。大家都自由吧。三个人都自由行动好了。"

麻子望着姐姐的脸。

"麻子,你去看京都舞节吧!我再睡一会儿。"

"不嘛!都十二点半啦。"

百子在盖住脖子的棉被外面扳着手指头数了数,说才只睡了四个小时,但最后还是起来了。

百子最终还是很不心甘情愿地决定也去看京都舞节。因为麻子一再催促,又给她看了附有照片的说明书。

从明治五年开始,连续举办了七十二年的京都舞节,由于战争的缘故,在昭和十八年停办了。麻子介绍说,今年春天这次,是停办七年之后第一次恢复举行。

"还有,这上面还写着:一串串圆圆的红灯笼,整整齐齐地挂在临街的屋檐下,意味着京都舞节正在举行,同时意味着京都圆山公园内供举办篝火晚会观赏的樱花正在盛开。"

"是吗?我们当女学生时,修学旅行来过这里,还让舞女给我们签名留念哩。当时正是太平盛世呀。"百子也说起了往事。

然而,最小的妹妹不就是在那个年代的京都的花街柳巷里诞生的么?

看来麻子似乎并不了解妹妹的身世。百子认为这是死去的母亲严密封锁的缘故。百子自己也仅仅是略有所闻而已。

然而还有，假如没有这场促使京都舞节中止的战争的话，父亲会跟京都这个女人分手吗？百子始终对此抱有疑问。难道是战争不分青红皂白地将父亲和那女人分开的吗？

总之，假定下边的小妹妹是从具有京都舞节特色的街区里生下来的话，那么，那位硬让小妹妹的两个尚未结婚的姐姐去看京都舞节的父亲，究竟是大胆呢，还是别有打算呢？百子仿佛受到了侮辱，因此心里一直提不起兴致来。

在百子对着镜子化妆这段时间里，麻子始终坐在身边，一会儿把姐姐后边的头发给撩上去，一会儿又打开京都舞节说明书看上一阵。

明治二年，日本第一座小学在祇园石阶下创立。艺伎和舞女被定名为妇女职工，艺伎管理所改称为妇女职工援助会社。时值明治维新后的混乱时期。

明治四年秋至五年春，日本首届博览会在京都举行。该博览会的日本舞蹈即是京都舞节的起源。

这些知识都是百子从书本上知道的，现在又用上了。

"就是在这场战争里艺伎也没有当上妇女职工，而是参加'勤劳动员'。……不过，这一次管她们叫'女子工员'了。"百子自言自语地说道，"可是，战争一结束，在现在这种世道下，仍旧还是让舞女们系上了当年京都舞伎特有的两端长长垂下去的腰带。"

"那是舞女的象征嘛！不过，今天早晨的报纸上登出一条消息，说是京都舞节上运茶水的孩子里有不够法定年龄的，违反了劳动法。"麻子也说道。

"舞女腰上系的两端垂下去的长腰带，倒很像日本式摔跤相扑选手头顶上发髻结的那个样子哩。细想想，真够有趣的。"

"是呀，是有趣。可是，你反过来想想，若是相扑选手没有那个发髻，反倒显得怪了！真有意思。再说和尚的秃头和身上的僧衣吧，也怪有趣的嘛。"

"相扑选手头上的发髻，舞女身上两头下垂的长腰带，类似的现象无论在我们日常生活里，还是在人们的头脑里，到处都有哇！形形色色，各式各样……"百子边说边站起身，娴熟地打好和服腰带上的结。

面对这一情景，麻子说道：

"两端长垂的腰带也好，姐姐系的腰带也好，二者之间恐怕也就是五十步和百步之别吧？"

"是啊。既然要穿戴什么，就必然有两种情况，一是追求时髦，属于模仿别人；一是拘于传统或风俗习惯，这也是模仿人，没办法的。尽管人们都说：美因模仿而消失。"

姐姐把掉的头发团成一团放在梳妆台一边，麻子给拾起来丢进废纸篓里。

"干吗呀！请你不要多管闲事。我自己扔好了。"

百子垂下目光看着麻子，紧锁着眉头。

新京极和河原町大街人山人海，因此百子姐俩便穿过三条大桥，沿着笔直的马路朝前走去。

三条的这座大桥是重新建成的。木质的桥栏杆，上面镶着仿宝珠形状的青铜圆球。

桥头上那座高山彦九郎[1]的铜像已经不见了。

---

1 高山彦九郎（1747—1793），江户时代后期著名保皇活动家。

从桥上望去，展现在眼前的是，远处的北山仿佛将河流上游遮掩在一片霭雾之中，对岸的柳树已吐出翠绿，近在眼前的东山则已为鲜嫩的绿叶所覆盖，并有开放的鲜花点缀其中。面对如此充满生机的景色，百子也感受到了京都的春意。

当年举办京都舞节的演出场地在歌舞练场，租给演出公司后仍始终保持原貌，现在已经变成了电影院。因此，今年是在由此往南、过了四条大桥的南座剧场举行的。

茶座也没有了歌舞练场时的气氛，变成了大煞风景的西式房间，翻着衣领的艺伎一反跪坐传统而采取了站立的礼仪模式来点茶送茶。

刚要在圆椅子上落座，"哎呀！"麻子突然叫出声来。

对方也已发觉，略低下头致意道：

"啊，上一次……"

茶桌摆成一长溜，客人一个挨一个地坐在一边。

由麻子往右隔三个人，大谷正坐在那里。

在火车上见到的那个婴儿，由紧挨在大谷右边的一位年轻女子抱着。

大谷喝了一口淡茶，立即起身走过来，在麻子跟前站住了。

"您记得很清楚嘛。是看到小孩才知道的吧？"

"是的。"麻子从挡住自己视线的大谷身上移开目光，盯着那孩子说道，"小宝宝很好吧？"

"很好。"

接下来大谷便叫道：

"阿若，阿若！"

怀抱婴儿的姑娘朝麻子似低头非低头地致了个意便走了过去，

但听到大谷叫自己,又折了回来。

大谷对若子说:

"这位就是年底回东京时,在火车上帮忙照料过宝宝的那位小姐。"

若子没有吭声,朝麻子鞠了个躬,显得有点羞怯的样子。

"呀,又长大了。"

麻子的话刚一出口,若子便弯下腰去让麻子看婴儿。

然而就在这时,麻子面前也摆上了茶碗。

"啊,打扰了。过一会儿再……"说罢,大谷便转身离开茶座到外面去了。

麻子和百子也站起身来,谁知耳边马上又传来了大谷的声音:

"作为见面礼,请收下这盘子……"

这是作为京都特产的画着一串圆圆红灯笼的点心盘子。麻子用手帕将两只小盘子包好。

二

离开茶座,百子边往外走边问麻子:

"抱孩子那位,是那人的什么人呀?"

"不知道。冷眼一看,还以为是婴儿的母亲呢!做母亲是有点太年轻了,所以才由父亲把孩子接过去的吧?不过,也不一定啊。"

"不至于吧。若是那样,可就太可怜啦!一看就知道还是个大姑娘嘛。我倒觉得好像在哪里见过似的。"

"是吗?在什么地方?"

"这个嘛,是电影里吧。跟《热恋的十三夜》里的舞女好像有点像，对不对？"

"折原启子扮演的那个舞女？"麻子反问了一句，"像吗？显得那么孤寂，那么冷漠，不太像吧？"

"那是因为年纪还小呀！大概也就十七八岁吧。胖乎乎的很可爱嘛。"

"也许是感觉上有某种相似之处吧。"

"叫大谷的那个人也很出乎我的意料。听麻子说到他时，想象中还以为他更像个女人哩！没有一点儿男人的样子。"

"嗯。"

"因此，才会照料婴儿的嘛。"百子说。

在一个类似休息室的地方，停留着不少客人。

京都舞时间很短，一天要轮换四五次，因此，这些人是在等待上一场结束。

这里的墙壁上挂着一排排色纸，上面是艺伎们的花鸟画和书写的和歌俳句等。尽管都是些死板模式的东西，但可以显示出她们的修养和爱好。

百子和麻子正在观看这些诗画，大谷从对面长椅子上起身走了过来。

"请到那边坐吧！"

"不用，挺好的。"麻子说。

怀抱婴儿的若子也站在长椅前，让出了座位。

大谷引路似的走向座椅，口里说："请！"因此，麻子也来到长椅跟前，并说：

"这样很好嘛。你们还带着孩子，还是你们请坐。"

若子很为难地望着大谷。

大谷轻轻按着若子的肩头，让她坐下。

"不过，真是奇遇呀！跟碰上京都舞节一样，又在这有趣的地方见到您了。您是来观赏舞节的吗？"

因大谷露出怀疑的神色，麻子便面带微笑反问道：

"看京都舞节，有什么奇怪的么？"

"奇怪倒没有，只是没有想到。"

"可是，您带婴儿来，也是让她看舞节的吧？"

"哪里，根本不是想让孩子看。是想让这位带孩子的看……"大谷望着若子笑了。

若子脸蛋通红，似乎想说点什么，却又闭上嘴巴，露出两个小酒窝。

"不过，正如您所说的，还没有人把怀抱的孩子带到舞节上来呢！"大谷继续说道，"对，对，想起来了！那次让小宝宝看彩虹，还让您给训了一顿呢。"

"哪里。我只是说：这么小就能让父亲抱着看彩虹，真幸福呀！"

因为大谷显出很怀念的样子，所以麻子讲话的语调也带有亲切的成分，但彼此毕竟只是在火车上偶尔碰到过一次而已。

麻子已经注意到这一点，便暗示自己是跟姐姐在一起。

"今天早晨经过琵琶湖时，还和姐姐谈起过彩虹呢。"

"是吗？我猜这位就是您姐姐。"大谷朝百子那边看了一下。

百子移步上前，低下头表示问候。

"这位是大谷先生。"麻子介绍道。

"上次在火车上承蒙您妹妹对我孩子给予十分亲切的关照。"大谷向百子说道。

"啊。我这小妹妹对谁都很温柔亲切的。好像是在强行推销亲切似的，真有点叫人为难哩！"

大谷吃惊似的望着百子。目光就那样盯在百子的脸上。

当百子有点不好意思地回眸对视时，大谷马上把头低了下去。

大谷眼里感到百子的目光在燃烧。百子细白的上额也在大谷眼里留下深刻印象。

麻子则正俯身仔细端详婴儿，口里在说：

"已经满一周岁了吧。那次说已经九个月了。"

麻子边说边挨着若子很自然地坐了下去。婴儿正在熟睡。

若子把抱在膝上的婴儿往麻子这边移了移。

"就这样好了。弄醒就麻烦了。"麻子说道，用小手指的指尖儿碰了碰婴儿的耳垂儿。

婴儿散发出一股乳臭味。

其中还夹杂着一丝若子的头发气味，麻子心里感到很亲切。

"小耳朵真可爱呀。"

"耳朵很像她母亲。"若子说道。

麻子和若子互相看了一眼。彼此近得连呼吸都能热乎乎地扑到脸上。

若子只略微化了化妆，耳朵周围好像仍是原来雪白的肤色。

淡褐色的眸子清澈透明，显得既天真又亲近。

眸子四周的茶褐色好像也比一般人的要淡，把麻子给吸引住了。

从二人头顶上方听大谷说道：

"这位带孩子的是小宝宝母亲的妹妹。啊，说来还是妹妹待我们更亲。"

百子听着觉得心里别扭，便说道：

"看来无论在哪儿都是当姐姐的缺少温情呢！"

"也许是这样吧。"

由于大谷把话茬接了过去，若子也蓦地抬头看了百子一眼。百子似乎并没有察觉。

"不过，您很清楚我叫大谷哩。是给过您名片吗？"大谷说道。

"没有。"麻子脸上泛起一阵红晕，"是从旅行皮包名签上看到的。"

"哎哟，是这样？可不敢马虎了。"大谷故意做出吃惊的样子，"那么，就正式……"

大谷将名片递给正站在一旁的百子。

百子以商量的目光望着麻子，说：

"只带着父亲的名片哩。"随即从小手提包里找出一张名片递了过去。

大谷看看名片，然后又瞧了瞧百子和麻子。

"原来是水原先生的小姐呀？就是从事建筑的那位……这可太失礼了。"

"哪里。"

若子心头一震，忙将婴儿抱到怀里。又一下子站了起来，脸色煞白。头也不回地朝对面走去。两条腿发直，差点要摔倒的样子。

婴儿哇哇地哭了起来。

"怎么回事？"百子问了一句。

"啊？"

大谷也愣住了，赶紧从后面追了过去。

百子望着麻子的脸：

"怎么了？是孩子拉屎了么？"

"可能是吧！"

大谷在走廊里到处寻找，也没有见到若子。

若子正不顾一切地从南座往外跑去。

若子正急着赶回去要告诉母亲，说她见到了两个姐姐。

直到快到家的时候，若子才想起来：母亲到大德寺去见父亲了。

在此之前，若子竟好像根本就没听到被紧抱在怀里的孩子的哭声。

三

今年春天这届京都舞节的主题歌，由吉井勇作词。这首和歌歌词的内容是："高高兴兴作歌词，追忆祇园风流年轻时。"

演出的节目是一组围绕京都名胜古迹的舞蹈，名字叫《京洛名所鉴》，"京洛"是京都的别称，主要是在舞台上追寻历史上各种艺术领域里著名人物的遗迹。这套舞蹈共分五个专题，具体题目是：歌道方面的缅怀莲月的《贺茂新绿》、染织方面的缅怀友禅的《四条河风》、画道方面缅怀大雅堂的《真葛雨月》、茶道方面缅怀吉野大夫的《岛原寒露》和书道方面缅怀光悦的《鹰峰残雪》。

百子和麻子坐在离舞台很近的地方。

麻子在后边的座位上看到了大谷，但不见若子。

"就大谷先生自己了。那位抱孩子的不知干吗去了。"

"很有点反常呢！好像害怕什么似的，脸色煞白……未免有点失礼吧。"

"我猜是孩子出什么问题了。既然是照料孩子，就应该在大谷先生身边呀。"麻子仍有些放心不下，"她穿的和服很合身，式样花色都挺招人喜欢的。"

"是啊。麻子也发现了？一身京都打扮，连腰带都是相当高档的呢！该是上高中的年龄了，可并没有上学吧。"百子说道。

"祥和之昭和天皇陛下治世期间也已二十有五载，年复一年，岁岁出新，再度于此翩翩起舞……"

由这首前奏开始，序曲为《鸭东竹枝》，舞台上此刻出现的是镀成银白色的拉门。

"京都舞啦！……"

"太棒啦！……"

在满场欢呼声中，从被称为"两花道"的观众席两侧通道上，各出现了一列舞女。舞女们手里都拿着由柳枝和樱花枝编成的团扇，据说这是京都舞节的惯例。

负责伴奏的乐队则整齐地列在"两花道"的旁边。

舞女共有三十二人，左右两边各十六人，以缓慢优雅的动作朝舞台前进。

由于"花道"上舞女脸部化妆很重，且离得太近，百子很有点目不暇接的感觉。

第三场《四条河风》和第五场《岛原寒露》是人们所常说的"夹馅"节目，在《岛原寒露》中，主要表现灰屋绍益与名妓吉野的恋爱故事。舞台上的灰屋绍益看到了已故的吉野大夫的幻影，并到处追逐以致最后成了疯子。只有这一场舞蹈带有戏剧故事情节，但在麻子眼里仍似乎若明若暗、不知所云。

"井上流"的京都舞，与东京传统风格的舞蹈不同。将歌舞伎传统组合在一起的带有古代风格的东京舞具有绚丽多彩的动感，而京都舞则以庄重典雅、韵味深长为特色。尽管麻子已从京都舞节说明书上看到过这些介绍，但仍感到朦朦胧胧，无法深入剧情领略其中的情趣。她显出一副心不在焉的样子。

南座剧场的舞台对于京都舞也显得有些过大。

而京都当地人则不同，全都兴致勃勃地看得津津有味，以至于口里还在啧啧赞道：

"嗨呀呀，原来轰动一时的京都舞就是这个样子呀！太棒啦！"

至于百子，脸上也显出一副格格不入的神情。

没有幕布的舞台衬景是由下往上一点点拉起来的，一次次彩色鲜明地更换着，仿佛在演幻灯片。

最后一曲是《圆山夜樱》，全体舞蹈演员总亮相，又是手拿樱花枝条和团扇由两侧花道入场登上舞台。

麻子长出一口气，望着百子说：

"真轻松自在呢！"

"是我们这些观众不好嘛！对京都舞和舞蹈演员一点都不熟悉……要是有熟悉的演员出场，还是能看得进去的。"

大谷大概是提前退场了，到处都找不见他的身影。

当姐妹俩离开南座剧场刚踏上四条马路时，突然被"水原姐！水原姐！"的喊声给叫住了。

百子"啊！"的一声呆立在原处不动了。

"好久不见了。我是青木家的夏二。"

"噢。"百子脸色变得煞白。

自称夏二的那位学生见到百子这般脸色，立时自己的脸也红了，口吃似的说道：

"好久不见了。家父……家父盼咐我，到了您下榻的旅馆，说是您出去看京都舞节了，因为进去也没什么意思，所以便一直在外面等着。京都舞每场大约就是一个小时左右,所以……"

"是么?"百子使劲咽了口唾沫,决心先克制住自己。

百子感到内心针扎一般地疼痛。胸中仿佛燃起一团火。

一股强烈的耻辱和愤怒之情又把百子带回了逝去的岁月。

"夏二弟弟,是令尊委托家父搞茶室设计的么?"

"是的。"

"是吗?"百子冷笑般地回头望着麻子,"真是上了父亲的大当了。实在是不该来。"

麻子一直抓着姐姐的衣袖。

"麻子,这就是青木先生的弟弟呀!我昔日恋人的弟弟。就是在冲绳战死那人的……"

"啊!"

"走吧!"百子催促道。

从南座剧场蜂拥而出的人,加上去圆山公园赏花回来的人,四条马路上人山人海,几乎达到寸步难行的程度。

麻子抓住百子的手腕。

百子平静地说道:

"麻子那时还小,大概还什么也不知道吧?"

"嗯。"

"虽说不是存心想隐瞒,但……连父亲都不知道呢!实际情况是……"

夏二从旁插嘴道:

"家父和我一直都感到对不起百子姐姐。家父总是说很想好好向您表示一下歉意。"

"真的吗?不过,我的怀恋之情可是我自己任性培育起来的呀。因为令兄只不过是稀里糊涂丢下一粒小小的种子，然后又突然跑掉的。是我使这颗充满怀恋之情的种子变大的哟。"百子眼睛望着夏二问道，"夏二弟弟，大学几年级了？"

"明年就要毕业了。"

"真快呀！在京都上大学？"

"不，在东京。是放假才来的。"

"您说是'来'，贵府应该是在京都了吧。"

"可是，我毕竟还是在东京嘛。"

麻子这时才看清了夏二。

大概是由于知道他是姐姐恋人的弟弟，因而才要从面孔上找出某些相似之处的缘故吧，心里扑通扑通直跳，根本无法正视对方。

夏二说，父亲派他来，是想请二位到家里共进晚餐。

百子点了点头。

"这样也可以见到令尊了。"

因为还有时间，便先去圆山赏花。

——瞧满城春色，聚此一廊；叹圆山老樱，其命何长……

正像京都舞节之歌中也曾记述的那样，那棵高大的枝条下垂的老樱树已经枯干，在原地又栽上了新的树苗。

百子他们从"左阿弥"横穿过去，来到吉水草庵前的一处高岗上。四条马路笔直地展现在眼前，一眼可以望到尽头。在马路的正对面，西山顶上晚霞映红了天空。

夏二居高临下地望着市区，向麻子介绍着名胜古迹。

百子站在身后，望着正在介绍情况的夏二的脖颈。跟死去的哥哥长得一模一样。

然而，百子从夏二后脖颈感到的却是童贞。百子不禁悲从中来，而后一下子闭上双眼。眼里充满了泪水。

仅仅只拥抱过夏二一次。

"什么呀，真没意思！你真是个不中用的人。"

当场便用力把夏二推开了。接着又对扭动身躯死缠过来的夏二说：

"你呀，真是废物一个！"

这是百子从夏二哥哥那里遭到同样待遇后的一次报复行动——想起当年的情景，百子悲怆不已，不禁感到浑身一阵战栗，待睁眼看时，脚下圆山公园里已到处燃起了夜晚赏花的篝火。

桂宫

一

一辆带有红十字标记的救护车响着刺耳急促的警笛声，朝圆山公园密密麻麻的人群中飞驰而去。人们知道是出了事，驻足一问才知道：

"是赏花人里有人喝醉了酒，打起来啦！"

至于伤势情况，听到的是：

"鲜血直流，身上的肉都露出来了。"

百子说，方才那些人讲的真从容不迫呀，不禁和麻子笑了起来。

然而，现在回想起来却别有一番感受，在那满口京都腔里，潜含着非同一般的残忍味道。

也许和百子自身的心绪有关。

从背后望着夏二和麻子的身影，尽管觉得麻子并不像自己，但夏二的一举一动却酷似他的哥哥启太，因此，百子心中甚至升起一丝嫉妒，仿佛从麻子身上看到了自己昔日的影子。

夏二将拿着帽子的那只手叉在腰上。那是一顶方形的大学生帽，百子下意识地认为肯定是他哥哥当年戴过的那顶。按理说，夏二也是明年就要毕业的大学生了，制式帽子也该旧了，但不知什么缘故，百子就是认定那肯定是哥哥让给弟弟的。

百子的胸部仿佛被勒紧了一般，乳房变得紧绷绷的。

那只"乳房碗"到哪里去了呢？——百子心中想起了这件事。

那是一只银碗，是启太在百子乳房上先取的模型，然后自己动手制成的。可能是不能简单地称作碗吧，启太管它叫"乳房碗"。

那次二人也接了吻。

启太搂着百子的脖子，一只手顺着肩头悄悄地伸向胸口，然后摸住了乳房。

"不，不嘛！"百子缩紧胸部，两只手护住乳房。

"啊，妈妈！"启太口中叫道。

启太手掌上更用力了。百子的手本来是想去阻止的，谁知却事与愿违，反倒把启太的手紧紧按到乳房上了。

"妈妈，啊，妈妈！"启太嘴里又叫了一遍，另一只手臂从背后把百子更紧紧地搂在怀里。

"妈妈？……"

在百子耳朵里，启太的叫声宛若回音在自己内心深处引起了共鸣，仿佛是在遥远的地方发出的呼唤。

百子的大脑变得麻木起来，陷入了神志迷惘的状态。

"妈妈？……"

百子觉得自己好似也在呼喊妈妈。

百子浑身变得瘫软无力，启太立即将搂着百子后背的手移到胸前，从上下两面将乳房掮在掌心里。

"好奇怪呀！"启太把前额贴到百子胸口，"我刚才叫了声妈妈，是吧？其实心里真是这样想的。我现在的心情似乎就是想见上妈妈一面，然后就可以放心去死了。"

这话一点都不假,启太是航空兵,也许明天执行任务时就会死掉。而且启太已没有母亲。

百子爱情的堤坝崩溃了。

启太从百子的乳房感受到母爱这一点,缓解了百子女性的羞耻。

百子沉湎在神圣的温柔体贴之中。而且,幼年丧母的百子内心里充满了对母亲的怀恋,这种情感此刻也被启太的话唤醒了。

"不知为什么,心里竟能这般平静。"启太说道,"近来我总觉得心绪不宁,归根结底还是怕死啊!这样一来,问题就清楚了。"

百子也早就知道,自己的胸口已被敞开,两个乳房已经完全露在外面。

"啊——"启太低声叫了一句,将额头贴进乳房之间。

接着,又好像要用乳房内侧包住额头似的,使劲用手掌从外侧将两个乳房向中间推压过来。

"啊!"百子不禁浑身打战,差点就要从长椅子上跳起来了,但最后还是没有站起来。

尽管浑身像发高烧似的抖个不停,脸色变得煞白,但出乎意料的是,百子竟把启太的头紧紧地搂在了怀里。而这样一来,反倒换来了一种异样的平静。

启太抬起湿润的眼睛说道:

"百子小姐,让我给您的乳房取个模型吧?"

"嗯?"百子不懂是什么意思。

启太说,就是取下乳房的模型,用它来做一个银碗。

"我想用这个银碗当酒杯,饮下我生命的最后一刻。"

百子感到一种莫名的恐惧。

"自古以来就有一种以水代酒的诀别酒杯吧?现在也是这样,

当一去不复返的特攻队要出击的时候，会被允许喝冷酒的。请让我做一只喝这最后一杯酒的酒杯吧！我想用这只酒杯来告别人生。"

尽管百子也觉得怪不是滋味的，但现在却任何事情都不能拒绝了。

启太开始动手揉捏石膏。

百子横躺到长椅子上。脸上一副差点就要哭出来的模样，因此只好闭上眼睛。

启太几次想掀开衣襟，都让百子给挡住了，但最后还是听之任之了。

"太美啦！"启太站在身边，略犹豫了一下，"我觉得这好像是在让百子小姐做出牺牲，还是算了吧？"

"没关系的，请吧！"

可是，当启太用竹片将石膏滴到乳峰上时，百子立时叫出声来："哎呀！好凉。"随即连腿都蜷缩起来，把身子转了过去。

石膏顺着胸口往下流去。

"怪痒痒的，羞死人了！"

百子再也无法保持平静的姿态，启太的目光也慌乱了。

百子皱着眉头抬起眼，刚好与启太的这种目光碰到一起。她仿佛被目光射得不敢动了似的，又乖乖地躺好了。

百子竭尽全力忍受着令人毛骨悚然的凉飕飕的刺痒劲儿，以至于脸上都没有一点血色了。虽说在死死地闭住双眼，但仍能感到启太的手在发抖。

随着黏糊糊的石膏将乳房一点一点地全部覆盖住，似乎从里边开始变硬了。

石膏有些发沉，紧紧地箍住乳房。好像有点疼。

百子感到乳房就要收缩成一团了，谁知乳房竟对箍在上面的石膏产生了反作用力，似乎在从里往外使劲膨胀着。两个乳房都有些发热。全身也暖和过来了。

百子莫名其妙地大胆起来，口里嘟囔了一句：

"死尸面模就是这样取的么？"

"死尸面模？对，是这样取的。"启太有点发慌，继续说道，"然而，对我来说，应该算是死亡之杯了。不过，我是准备用这个酒杯来饮下生命的最后一刻的。"

百子没有吭声。

启太用竹片把石膏表面抹得又平又光。

等到凝固以后，启太从乳房上取下石膏模型，又往里面仔细瞧了一下。

"底上出来这么小一个洼坑呢！是乳头啊。太可爱了。"

"羞死人了。可不许给别人看。"

百子合上衣襟，坐起身来。

乳房模型看上去比预想的要小要浅。

"底部鼓出来个乳头，固定就难啦！东倒西歪放不稳的。得安上几条腿吧！"启太略考虑了一下，"百子小姐的小手指头就行。干脆顺便让我把小手指模型取下来吧！自古以来就有把小手指送给情人的嘛。"

接着，启太便在百子小手指尖上糊上石膏，取了个模型。

"我父亲从五六年前就摆弄黄泥烧个茶碗什么的，还从没有做出个像样的东西。不过，使我产生这个想法的，还是要归功于父亲的茶碗呀！"

百子背朝启太转过身去，一边缩紧胸口，一边将残留在乳头上的石膏粉渣擦干净。

百子浑身累得瘫软无力，内心感到有种无法言喻的惆怅。

当乳房被当成活标本给制成模型时，仿佛连生命也被彻底取走了。

难道就到此为止么？……

一种远不满足的心理充塞于百子的心头。好像有股热流从心底里往上喷涌，百子真想扑上前去死死抓住启太。所以，当被启太抱起来走进旁边那间卧室时，百子并没有拒绝。

"不要再玩了吧！"只说了这么一句便把脸埋进启太的胸膛里。

在与百子见面时，启太大多都是跟妓女欢娱之后才来的。而且，还把这一切都告诉给百子。百子总是摸不透启太的真心，故而十分苦恼。

为什么会需要别的女人呢？为什么要把这些事都亮明呢？为什么只有在跟妓女玩过之后才肯来会见百子呢？

启太说，妓女也是日本女人，是在向特攻队员做最大牺牲的奉献。也有不少机场附近的农家姑娘在为启太他们献上肉体。连这类充满冒险味道的事，启太也讲给百子听了。

启太讲的时候尽量做出轻描淡写、无所谓的样子，但百子从中感受到的却是启太的懊丧与痛苦。这样一来，除了原谅启太之外也就别无他途了。

启太是为百子着想并尊重她的纯洁才这样做的。他是在尽最大努力约束自己，不愿以即将送死之躯玷污百子的清白。这是百子的主观猜测。

之所以要在与百子约会之前先与妓女欢娱一番，恐怕是启太为防备自己冲动而提前采取的解决欲望的措施吧？

然而，对于百子来说，启太这样做简直就如同在谴责自己。百子内心产生了一种负罪感，因为对一个也许明天就会飞上天去奔向死亡的人，自己并没有献出应该献出的东西。

本该从百子身上获取的东西，启太却要从妓女身上去获取。

百子在想，他为什么不从自己身上索取呢？自己现在任何东西都不吝惜。

难道启太仅仅是为了洗去妓女的污秽才到百子身边来的吗？不过，百子心中也曾有过怀疑，即尽管启太从感伤的表面看是珍惜百子的清白，但其内心深处是否有自暴自弃心理，并因而才沉醉于刹那之间的放纵呢？

莫非启太是把百子的纯洁作为借口来替自己的放纵行为进行辩护，因而是在自欺欺人吗？这种怀疑之中也包含着百子无法说出口的嫉妒。

所以，对于启太要夺去纯洁的那股力量，百子甚至有种期盼已久的喜悦，这种喜悦犹如在充满阴云的长期相爱的天空中突然发出电闪雷鸣，接着便一下子豁然开朗，令人心花怒放一般。

谁知启太却马上松开百子，泄气似的"啊——"了一声，便到一边去了。

"啊，真没意思。完了。"

百子心头一凉，抬起上半身。

启太正背朝自己下床。

"什么呀！你这人，真不中用！……"

百子浑身的血液仿佛都凝固了。心中有股说不出的滋味，不知是憎恨还是伤心。

启太坐在长椅子上，闭着双眼。

"给我把那些石膏打碎!"百子尖声嚷道,羞耻和愤怒同时涌上心头,"讨厌!"

自此以后,启太死前再没跟百子见面。

"乳房碗"似乎是做好了,但百子没有见过。

大约是一周以后,启太移防到南九州鹿屋的空军基地,最后战死在冲绳。

已经是五年前的事了。

百子让启太取下自己乳房的模型,再制成银碗,事过之后回想起来,简直犹如做了一场奇怪的梦,实在令人不敢相信。但如今百子也改变了看法,觉得男女二人在一起是很难捉摸的,什么千奇百怪的事都能做得出来。

至于制作乳房银碗之类的举动,也许可以看作一种幼稚的感伤方式。

夏二和麻子的背影也有令百子无法正视的地方。

百子挨近夏二问道:

"夏二弟弟,这顶帽子是你哥哥原来戴过的吧?"

"对。我戴上稍微有点小,可过一段时间就正好了。"夏二扭过头来答道。

二

三人从知恩院大钓钟堂那里下坡,来到御影堂前。

绕过御影堂,穿过有名的一踩上去就发出黄莺般动人叫声的木板回廊,眼前枝条下垂的樱树已花满枝头。

在一片夕阳西下时分的霭雾之中,一朵朵小花透出淡淡的紫色，显得十分俏丽动人。

这里清静幽雅，人迹罕至，一条来自圆山的小溪涓涓流过。

"跟祇园里枯干的那棵樱树是同一树种哩。"百子说。

不从山门出去，又重新返回圆山公园，随即沿着刚才来的那条上坡路登到高处，走进左阿弥。

庭院里有一个离开主建筑的单独房间，当三人被领进来时，百子的父亲和启太的父亲已经坐在里边了。

"哎呀，父亲已经先到了……"麻子先开了口。

夏二侧身让到一边，想请百子先过去，百子便毫不犹豫地走进去，向启太的父亲鞠躬致意。

启太父亲离开坐垫，敛容正襟危坐。

"你好！一直想跟百子小姐见上一面。欢迎光临。"

"谢谢。"百子垂下目光，"可是，实际上我们是被父亲给骗来的。"

"是的。方才正跟水原先生说到这件事呢。"

百子抬起头，望着启太的父亲。

麻子和夏二也已各自落座。

"我们搬到京都这件事还没告诉百子小姐呢！不过已经通知了令尊，所以你也许已经听说了。"启太父亲说，"连启太战死的消息也没有告诉百子小姐，实在对不起。这件事对百子小姐来说，也许早已成了过去，我也一直把它看成是永不复返的事情，因此现在还是以不去提及为好。当时乃是有意不通知你的。"

"您根本没必要后悔，我实在不敢当……"

"不。我可是一直在等待有一天能见到百子小姐，替启太向你表示感谢。与其说表示感谢，不如说无论如何要向你致歉。犬子那样的死法,事后想来也是无论如何要向百子小姐道歉的。"

"谢谢。百子现在大概也会明白青木先生的心意了。"百子父亲插嘴说道。

"是的。我只是在想,只要能得到机会向百子小姐说上一句表示感谢和道歉的话,一切也就算过去了,化为乌有了。只是……"

"过去是无法过去的,不过……"百子平静地说道,"一切都永不复返了。"

启太的父亲稍微沉默了一会儿,然后又说道:

"自从启太死后,我也很惦念百子小姐,很想见见你,但一直克制着没有付诸行动。"

"我也曾一度想到过死。还喝过氰化钾呢!"百子毫不掩饰地说道。

"啊,姐姐还……"

麻子吃了一惊。百子父亲和启太父亲也都在望着百子。

"真的呀!"百子转向麻子,"当年那个时候,女人也被征用到工厂干活,在空袭中受伤变成丑八怪,有时又说敌人登陆了,真不如死了痛快。鉴于这种情况,当时不是每个人都从工厂领一份氰化钾带在身上吗?我也准备了一份。喝的就是这个嘛。"

"什么时候,什么时候的事?"

"不过,喝进去的都变成砂糖啦!"

"瞎说!怎么会成了砂糖呢?……瞎说!"

"是当成氰化钾喝下去的。胶囊里面的东西在我不知不觉之中被偷偷换掉啦!一到嘴里才有感觉,怎么这么甜呢?这时才恍然大悟,原来是母亲给调换的。多亏母亲我才捡了一条命呀!"

麻子直瞪瞪地望着姐姐。只听百子继续说道:

"太感谢母亲了。可是,有时又觉得人的这条命真是奇妙得很。只因氰化钾给换成了砂糖,这条命就活下来了。那以后就再也不想死了。由于在我不知道时母亲的细微用心,在母亲不知道时救了我的一条命。虽说被蒙在鼓里吃的是砂糖,显得十分可笑,但一想到我妈妈也是自杀身亡的,就又不禁变得毛骨悚然了。"

百子的这一席话,令在场的人哑然失色。

麻子只冒出来一句话:

"第一次听到。"

"是呀!本来是想死的,吃进嘴里的却是砂糖,这也有点太不像话了。我估计,连暗中换成砂糖的母亲很可能也一无所知。不过,对麻子的母亲我还是很感激的呀!"

为什么现在要把这件事说出来呢?麻子实在无法摸透姐姐的真实用意。

麻子对百子讲的这件事本身也是半信半疑。

至于百子生身母亲自杀这件事,启太父亲和夏二也许早就知道了,但百子为什么要在这里提起呢?

饭菜端上来以后,大家谈话也没有了兴致。

在这间房子里也可以看到京都市区的夜景,跟在吉水草庵前俯视到的大同小异。圆山公园内的赏花篝火也历历在目。

照说启太父亲比百子父亲还年长三四岁,但反倒显得年轻。漂亮的额头下,双目炯炯有神,两只细嫩的手胖乎乎的,甚至跟他的面孔都显得有点不相称。那双手跟死去的启太也很相似。

父亲的脸色比夏二还要好,又光又亮。或许是老年人的那种潮红,但也会令人想到年轻人的肤色。

从心理上讲,百子内心深处一直在跟启太的亡灵进行着激烈的搏斗，看到眼前这位父亲的形象，激烈的搏斗竟然也好像失去了动力似的。

三

参观桂离宫的许可证上列了四个人的名字，有水原、百子和麻子，再加上夏二，但水原和百子并没有一同前来。

尽管得到许可全靠建筑家水原的名字，但百子不来却是连麻子也没有想到的事情。

当夏二到位于三条的旅馆来约这姐俩时，百子已经外出，没有在场。

"从东京来了人，姐姐到火车站接人去了。"麻子说完脸便红了。

这确是实情，是竹宫少年从东京跟在百子身后追来了。

"您父亲呢？"

"爸爸到奈良去了。两个人都自由行动，真叫人为难。"麻子想起姐姐的话说道。

从四条上的大宫车站换乘电车，在桂町车站下车。

要到桂离宫所在的桂川河边，必须再往回走一段路。

夏二说：

"坐公共汽车来，顺着桂川岸边走就好了。那样一路上都是沿着离宫的竹篱笆走。"

但对麻子来说，从麦田中间走过去却更觉得新奇。还有大片菜花地。云雀的叫声也很稀罕，所以还不时地抬起头朝空中望去。

就京都来说，这一带是平坦开阔的土地，朝四周望去，远山近岭一览无遗。近处有西边的岚山,往北有与岚山一水之隔、遥遥相对的小仓山;再往西北,有高耸于小仓山背后的爱宕山;接下来,再由西往东,有直到远在市区大东北方向的靠近琵琶湖的比睿山;在这中间有由船冈山、衣笠山、岩仓山等组成的北山连绵起伏。贴近市区东北部的东山则笼罩在一片朦胧的霭雾之中。

麻子环顾周围春天的景色,不禁说道:

"要是姐姐也来就好了……"

"从左阿弥回去那天晚上,我跟爸爸谈了好多关于百子小姐的事情。"夏二说。

麻子扭头问道:

"都谈了些什么?"

"是啊。……把氰化钾和砂糖悄悄调换过来,只此一点就足以说明,一个人生死由命,并非其本人意志所能决定的。当时谈到了这些话,我觉得很有好处。"

"姐姐是不是真的吃了砂糖,那可是谁也说不清哟!"

"即便是编出来的假话也很有趣嘛。反正我是信以为真的。"

"我们家谁也不知道呀。"

"您母亲很了不起呀。"

"是吗?孩子手里有氰化钾,恐怕哪家大人都会给没收的吧。"

"没收是不顶用的。还会搞到嘛。"夏二继续说道,"可是,我哥哥的氰化钾却是一直放在桌子里的。一直到着火把家里房子烧毁为止。听到百子小姐讲起这件事时,我还猜想是不是哥哥把氰化钾给百子小姐的呢!"

"啊?"麻子不禁心头一惊。

"所以说,百子小姐也许是出于抗议的心理才讲那些话的。"

"不是的。"

"总之，正如百子小姐所说的那样，人的生命也就是那么回事。有时确实就是那么回事。我那天晚上一直在瞧着百子小姐，心想：这位就是吃了被人给调换的砂糖，因而才如此这般活下来的人吗？看上去显得更漂亮了。"

不知不觉之中已走进一座近似村落般的小镇里。颓垣断壁的白色墙角下，开着棣棠花。

"据说，哥哥临死前，把日记和书信之类的东西都烧掉了，没留下什么像样的遗物。只从部队里送回来一件类似银碗之类的东西，百子小姐如果光临敝舍的话，大概会拿给她看的。"

"姐姐不是说了吗，令兄的事，连家父也不十分清楚。"

"对。不过，我爸爸说了，希望百子小姐能在我家待上一段时间。这件事跟水原先生也提起过。"

麻子暗想，父亲难道是想把姐姐先留在启太家里吗？目的是为了治愈因启太而受到的创伤？……

二人来到离宫前面。

正门外面是一片草坪，里面杂生着开了花的蒲公英和紫云英，有的地方被松树遮住了阳光。竹篱笆前还有一棵盛开的重瓣山茶花树。

生命之桥

一

桂离宫外面有一道由活竹子围成的篱笆墙。这道竹篱笆墙看上去宛如一片竹林。

但是,在靠近大门一带却是用粗竹和细毛竹编织成的近似筛眼状的篱笆墙。

参观的人从"御幸御门"右侧的通用门入内。

这里设有守卫值班室。

麻子拿出许可证,一名守卫说道:

"是水原先生吗?"但看到夏二是一名学生,便问,"鞋底上没有大钉子吧?"

"没有。"夏二抬起一只脚让他看看鞋底。

紧挨着守卫值班室有一处供参观者等候的休息室。

在这间休息室的旧椅子上一落座,夏二便说:

"大概是怕学生穿的那种钉有大钉子呱嗒呱嗒响的鞋子会把院子给踩烂吧!这些事我们早知道啦。"

"是呀。不过,说是参观的人会损坏庭院里铺的石子和踏脚石哩。"麻子说,"人们每天都从上面走,只这样也会使石头磨损减寿么?"

"嗯，是这么回事。因为天天如此嘛！"

"所以听父亲说，与战前相比，要获准参观，现在比过去容易多了，但每天可能仍要限制人数的。建筑物恐怕就更容易受损伤了。这儿本来只是一处简朴的书院，都是三百多年前的房子，起初住宅是不让人参观的。听说有一段时间最多只许进去十五个人，似乎廊子里承受不住人数过多的重量哩。"

参观的人一天分几拨，按规定的时间由守卫领着进去。在这段时间里，其他人就在休息室排队等候。

可是，麻子是遵照父亲的嘱咐来的，因此便到守卫值班室去试探着提出一项要求：能否允许不被人带领自由参观？

"是水原先生的小姐呀？可以吧！请！"

事情就这样解决了。

二人决定先绕林泉转一圈。当来到用茅草挂顶的一座很小的小门前面时，立即为展现在眼前的闻名遐迩的那条纯粹用石子铺成的小路所吸引，二人便从这道"御中门"钻了进去。

铺石路从门口一直斜通到"御舆"曲艺场。路两旁也有踏脚石，发绿的苔藓又圆又鼓，仿佛要把这些踏脚石全部遮住似的。

"大金发藓花开了。"

"哎呀，苔藓开花啦！"

二人同时说出同样的话，彼此目光碰到了一起。

苔藓的花茎可能比丝线还要细，肉眼看不到。花也极小，好像有点类似某些小花朵中挺立的雄蕊。

这些一团团小小的花瓣都浮在绿油油的苔藓之上。而且实实在在的浮得很低。

静静地浮在上面，但仔细看去，又似摇非摇地摇动着。

这幅图景太美了,二人都被吸引住了。正因为如此,二人才把目光同时停留在如此细小的东西上,又同时讲出同样话语的。

可是,二人都无法用语言将这种美表达出来,所以讲出来的都是眼前苔藓开的花。都是发自肺腑的感叹。

布鲁诺·塔特[1]在谈到这座桂离宫的精髓时就曾指出:"桂离宫乃是日本建筑方面最终最高的发光点","人们毫无置疑地感受到的是,如此美妙绝伦的艺术的源泉,乃在于冥想、凝思及日本式的禅哲学之中"。在获得如此崇高评价的桂离宫简洁的大门前,苔藓花就是这样静静地开放着,给人一种平易近人的印象。

这同时也是对和煦的春天的印象。

二人情不自禁地踏着石子路走到御舆曲艺场跟前。沿石头台阶拾级而上,在放鞋的石板前站定。据说由于能摆放六个人的六双鞋而得名为六石板。

迎面看到的墙壁,都清一色是京都风格的黄红色。与庭院交界的围墙也是黄红颜色。

穿过这道围墙的小门洞便是月波楼,二人返身折回御幸道,从红叶山前走进庭院里面。

"这种地方还有凤尾蕉!"夏二颇感意外地说道。

"传说是岛津家族献上来的。"麻子说。

"在这儿很不协调嘛!不过,在那个年代可能还是很稀奇的。"

夏二走进前面一个亭子里坐下。

---

[1] 布鲁诺·塔特(Bruno Taut, 1880—1938),德国建筑家,受纳粹迫害,一度亡命日本,发现日本古典建筑之美,著有《我看日本文化》《日本美的再发现》等。

麻子则站在一边。

这里总共有十几棵凤尾蕉，确实令人感到意外，但这些热带植物都栽植在土生土长的日本树林的繁茂树荫下，整个情形就跟盆栽花木相去无几，完全可以看作是在去茶室的空地上故意让人大吃一惊的。

夏二摘下帽子放到膝盖上。

"好静啊。能听到流水的声音。"

"可能是叫鼓瀑布吧！大概是把桂川河水引到庭院池子里，河水落下来的那个地方。"

"是吗？麻子小姐很了解嘛。"

"来以前仔细读过导游说明了。"

"上高中时我也看过布鲁诺·塔特的《桂离宫》，可惜全忘光了。"

"爸爸跟我们一起来就好了。"

"是啊。不过，对您父亲已经没什么可稀奇的，若是您姐姐能来就棒了。"

这句话是什么意思呢？麻子心中琢磨了一下。但夏二这句话确实提醒了麻子，使她意识到自己是跟夏二两人单独来参观的。

"又听到刚才那只云雀叫了。"

"是来时路上的那只吗？"夏二也侧耳细听了一下，"是云雀在叫哩。可是，跟麦田上空的云雀是不是同一只，那就只有天知道了。云雀多得很呢。"

"肯定是那只云雀。"

"女人嘛——都是这样考虑问题的呀！就说您姐姐吧，也是这个样子。比如一看到我这顶帽子，百子小姐马上就认定是哥哥戴过的那顶。您姐姐的直感在这种场合是对的,可要说到学生们的旧帽子,每一顶都差不多嘛!一心认准是哥哥戴过的,这就有点不正常了。"

"但是,云雀并没有另外一只呀。"

"有哇!"夏二加重语气说道,"在您姐姐眼里,就是认为我跟哥哥长得很像。眼睛呀,耳朵呀,肩膀的样子呀,都要找出相像的地方。我可讨厌透啦!"

"您说讨厌,我很理解。但是,为姐姐着想,您就有意识地做出像您哥哥的样子,恐怕也没什么不好吧?"

"为什么?"

"因为姐姐可以得到某种安慰嘛!"

"什么?恐怕是正相反吧!与其看着我跟哥哥长得像,您姐姐还不如看看别的,比如参观桂离宫什么的,这样对她岂不是更好吗?就算这顶帽子是哥哥作为百子小姐恋人时曾经戴过的,它上面又会留下什么呢?"说罢,夏二抓住帽子站起身来。

"也许我跟姐姐正相反。我可是从夏二先生身上想象您哥哥的。因为我本来就不了解您哥哥。"

"这我也讨厌嘛!总之,我不是作为哥哥的影子活在世界上的嘛!即便是亲兄弟,性格上也会有很大差异的。"

"对。"

"命运完全不同嘛!跟麻子小姐像现在这样待在一起,我脑子里就没怎么浮现出您姐姐的形象嘛!"

"因为我们姐俩本来长得就不像嘛!"一不小心说走了嘴,麻子满脸通红,"更何况,姐姐和我都还活着嘛。"

"是啊,您说的有理。哥哥已经死去,踪影皆无。代之而来的是，从任何踪影里都可以想象。那次见面以后，我还责怪过爸爸哩。我说，见到百子小姐就想起死去的儿子，这纯粹是爸爸主观随意的感伤。原因很简单，爸爸一看到百子小姐就控制不住自己，任其悲伤了。即使百子小姐对哥哥的死也感到十分悲痛，事到如今，恐怕跟爸爸的悲伤也是大有区别的啦。"

麻子也点头表示赞同。

"不过，……"

"我就不明白，已经死掉的哥哥与活着的百子小姐之间，难道现在还能有什么东西联系到一起吗？或者说，还会联系到一起吗？……"

"我也说不清呀。但我想还是有联系的。"

麻子嘴上这样回答，但内心里却有一种预感，觉得万一这种联系的桥梁已经腐烂或倒塌了，要走过去似乎是很危险的。而第一个从这桥上掉下去的恐怕就是百子自己吧！

"我总觉得那好像是一座没有对岸的桥。活着的人即使架桥，因对岸没有支撑点，也只能是单方面悬在空中。而且，不管你把这桥往哪儿延伸，永远也架不到对岸。"

"那么，您的意思是说：对方死后，爱也就终结了？"

"我是为活着的人着想，为百子小姐着想，才站在这种立场上讲话的。"

"我是从不相信天堂和极乐世界的，所以，为已经不在人世的人着想，我宁愿相信爱是可以回忆的。"

"对。回忆归回忆，只要不给活着的人带来危害，还是像这座桂离宫似的保持宁静为好。"

"是呀。姐姐即使到桂离宫来，只要有夏二先生在场，大概也还是会想起您哥哥的。"

"总之一句话，哥哥已经死了。所以哥哥无法参观桂离宫。但是，我们还活着，因此今天才能这样来参观。如果明天还想参观，照样也能参观成。还是先把这一点明确下来吧！"

"对。"

"因为还有一句话是这样说的：只要还有一朵美丽的花在开放，我也就还会生存在世上。"

"不过，我心里一直在想，姐姐为什么要那样对父亲和妹妹隐瞒您哥哥的事情呢？"

"怕是明知那场爱情不会有圆满结局吧？明摆着是要以悲剧而告终的……"

"会是这样的么？"麻子两眼望着夏二。

"是这样的。百子小姐的爱，好像是在哥哥注定要战死之后才开始的。"

"会有这种事？"麻子反问了一句。

"可是话又说回来了，我们俩也够怪的啦！自打到了桂离宫这个地方以后，怎么只顾讲起我哥哥和您姐姐来了呢？"

"真是的。"麻子也露出了微笑，"怎么回事呢？"

二

走出亭子，眼前立即出现一大片池水，二人便从小溪上走了过去。

"这就是方才听到水声的鼓瀑布吧。"夏二说。

"嗯，听说流进池子里的水以前要干净得多，发出的声音也更像瀑布。水池子大概也不像现在这样混浊不清。"麻子说道。

夏二下坡走到水池边上。

这里有两条石子铺成的小路长长地伸到池子中间,据说一条叫什么"天桥立",另一条叫什么"道滨"。小路的顶端立着一盏小灯笼,池子对面是松琴亭。

据说它映出了湖边的情趣。

天桥立这条小路是用圆圆的小石子一个挨一个铺成的,看来石子缝里长出了野草,一位专门负责除草的老婆婆正把那些发黑的石子掀起来拔底下的草。

夏二站在老婆婆旁边,低头看了一会儿,搭腔道:

"老奶奶,每天都来吗?"

"是。每天都让我来。"

"一共几个人?"

"拔草的吗?有两个人干活。"

"只两个人?"

"两个人管这么一大片地方,根本就忙不过来呀!整个院子听说近四十三万平方米呢!只能拔很小一块地方的草,就像您这些客人能到的地方。"

"老奶奶工钱多少?"

老婆婆没有回答。夏二又问了一遍。

"糊里糊涂的,真说不清哩。"

"一天有二百元左右吧?"

"能有那么多就谢天谢地了……"过了一会儿,又自言自语地说道,"唉,也就一半吧!"

"一百元?"

"稍多一点……再加二十元吧。"

"一百二十元吗?"

老婆婆只管低着头一个劲儿地拔草。

"比在高尾山谷里运圆杉木的老大娘还强哩。"麻子说道,接着便讲起了在京都西北方向高尾山里碰到的一件事。

时间在好几年前了,麻子来到京都以后,鲜花盛开的季节已经过去,人们的兴趣已转移到踏青观赏新绿上。父亲领着她到秋季以红叶闻名的高尾山去观赏枫树的嫩叶。

高尾山也叫高雄山,山上有著名的高雄山神护寺,麻子跟父亲从神护寺山上往下走,跨过谷底河流,又登上一个陡坡。正往上攀登时,碰到几个搬运圆木的妇女正在半山坡休息。一共有四个人,其中一个女孩十五六岁的样子,两个姑娘二十岁左右,还有一位年过五十的大妈。未成年的小姑娘仿佛在见习,运的是细木头;上年岁的运的都是很重的圆木。

麻子他们也停下脚步在那儿歇口气,同时瞧着女人们把圆木顶在头顶上站起身来。就要长成粗柱子的杉树干又重又长,因此,用头顶起来好像十分艰难。很费了一会儿时间。

上年岁的女人苦笑着向麻子他们发牢骚说,从山里运到村里,要从这道山谷爬上爬下,一天运三次才给一百元,所以只能把定量配给的大米熬成稀粥喝,根本就上不来劲。

拔草的老婆婆也一直在听麻子讲话。

"够舒服的啦!"说完才把头抬起来,望着麻子,"照说,那些人的身体是够受的,但时间短呀!"

"是吗?"

"腰可以挺得直直的,对吧?"

"是用头顶着搬运的，所以姿势很正常。"

"估计是这样的么。不像我们这样，整天弯着腰，一点都没有得闲的时候哇！"

从天桥立折回去，路又伸进一片小树林。

苔藓上落着山茶花，透过茂密的树叶缝隙能看到外面的竹子。

"我们到神护寺那次，正赶上在举行拜设庙歌的歌咏比赛。"麻子说，"好像还有从很远的乡下赶来的选手呢。都集中在正殿里，由和尚担任评判员。那场面可有趣啦！模仿收音机里业余歌手歌唱比赛的样子，还照样要敲磬哩！"

"真够有趣儿的。"

"那肯定是业余歌唱比赛，可是……"麻子仿佛刚想起来似的说道，"我们要去参拜药师如来佛，结果正殿里全让演唱拜庙歌的人给占满了。这些歌站在稍远一些的地方听，反倒显得更好，离得太近就不行了。给人的感觉就是家乡的歌曲嘛！因为是业余演唱比赛，听起来还是蛮不错的。我们站在大枫树底下听了一会儿，当时还真有一种对京都身临其境的感觉呢！"

仰望枫树的嫩叶，在蓝天的背景下，呈现出一幅日本特有的花纹图案。麻子还想起了那个晚春下午的阳光。

"是啊。朝拜神佛的赞歌本来就是属于西国的嘛。"夏二也附和了一句。

"真令人怀念呀。"麻子说。

"不过，盛行朝拜神佛赞歌的京都，市长和知事可都是社会党啊！"夏二继续说道，"麻子小姐到这边以后，正在举行知事选举，当选的是社会党候选人哩。从报纸上看到的消息说，新知事好像是在共产党员和工会会员高举红旗欢迎之下举行的就职仪式。据说今年'五一节'时，知事和市长还要站到游行队伍的最前列呢！京都有闻名遐迩的桂离宫，还盛行朝拜神佛的巡礼赞歌，但也还会有这些现象出现呢！"

"属于我们的，只是旅行者的京都……"

"尽管我们家在京都，但我也算是一名旅行者，同样属于真心想听巡礼赞歌者的一员哩。"

"因为确实太令人怀念啦！"

"到高尾山那次，您姐姐也去了吗？"

"嗯。姐姐听巡礼赞歌好像特入迷呢。"

"是吗？"夏二应了一句，"可是，我们又谈起您姐姐来了。"

难道就没有别的话题了吗？是别的话题不好谈吗？

路往上伸向一座小山冈，山冈顶上是一个象征功德圆满的万字亭。

四把椅子是交错摆放的，即使同时有四个人坐上去也不会出现面对面的情形。亭子就是以这一精巧构思而名闻天下的。

彼此不看对方就可以交谈。换句话说，也完全可以保持沉默。

麻子和夏二就沉默了一会儿。麻子脑海里突然冒出威廉·布莱克[1]的一句话：

——无言之爱必成功。

麻子并不相信这句话。

她还没有碰到足以令其香消玉殒的爱，那种爱才能使她真心相信这样的名言。

---

[1] 威廉·布莱克（William Blake，1757—1827），英国著名诗人和浪漫派先驱画家。

不过，作为一句令人难忘的话语，还是把它牢牢地铭刻在心了。在这静谧的树林里，这句话竟宛如预言般的重新出现在脑海里。

麻子再也无法忍受这种沉默了。

"刚才的云雀已经听不到了。"

"是啊。"夏二也望着前方，做出向远处静听的样子，"就这样坐在椅子上，有树木挡着，是无法看到远处的。真不知道这里是一开始就看不见别的地方呢，还是起初修建时能看到庭院里的水池子、书院和后面的那座西山，而后来由于树木长高才什么都看不见的？庭院里的树木几经枯荣，要按现在这种状态去想象几百年前创建时的情景，那可是够怕人的哩！不过，透过树缝能看到尚未完全凋谢的樱花，也算蛮不错啦！新书院旁边那座院子里可能还有三四棵樱树。樱树实在是太少了。"

"嗯。"麻子也把视线投了过去，"我们刚到京都那天，爸爸到大德寺去，听说还跟和尚谈到了大德寺没有樱树的事。……爸爸说，当时忘记了，过后才想起《本朝画史》中画僧明兆的故事。"

"《本朝画史》我也读过，可惜早就忘光啦！"

"据这本画史记载，当时的足利义持将军很喜欢明兆的画。有一次他问明兆：你有什么要求我都能满足你，说说看吧？明兆说，我既不要金钱，也不要当官，唯有一个请求。近来东福寺的和尚们很喜欢栽种樱树，可这样一来，到后世整个寺院就有完全变成吃喝玩乐场所之虞。因此我想请您下一道命令，把樱树统统砍掉。义持将军说可以，于是便把寺内的樱树全砍光了。"

"嗬！明兆的画乱七八糟的，没想到还有这么一段故事呀！不过，据说自战争结束以后，这些寺院最近大部分都被开成黑饭馆了。里面有艺伎，还有舞女……"夏二边说边站起身来。

麻子取出镜子，想拢拢头发。

银乳房

一

从万字亭小山包下来，走过一座大石板桥，前面就是松琴亭。

桥是一整块石板，差不多有六米长，相传为加藤左马之助所献，因为是京都北白川特产的花岗石，所以取名为白川桥。

夏二到这座石桥上站住不走了，因此麻子也停下了脚步。

夏二想让麻子一人站在这座石桥上，自己从稍远一点的地方观看一下麻子。

但这些话难以出口，夏二便说：

"这样被石头包围在中间，总觉得怪不自在的呢。"

麻子怔怔地应道：

"会这样吗？"

"我对庭园里的假山石景什么的，完全是门外汉，可这就是小堀远州所喜欢的那种布局吗？"

"不知道。"

"从庭园的角度来看，这一带石景布局恐怕有点太杂乱了吧？不知道是属于严整型的天然石景还是锐利型的天然石景，反正技巧上够神经质的了。给人的感觉好像这一堆堆石头都是气势汹汹地冲着人们的神经来的似的。奇形怪状、支棱巴叉的……"

"本来都是些石头么！"麻子轻声说道。

"但是，它们可不是一般的石头哟！是用石头组合搭配在一起，想表现某种意境的。把天然的石头一样样摆放在大自然的土地上，企图由此创造出一种美，这种事我们是根本想不出来的。也就是说，我们是没有观赏庭园的那种素养的。因此，面对眼前这些具有某种含义的一堆堆石头，便只能得出令人透不过气来的印象，原因恐怕也许就在于此吧！不过，如此说来，凡有很多石头的庭园都该是这个样子的，根本不会是只此一处嘛。归根结底一句话，这里的假山石景布置得有点太杂乱无章啦！"

"尽管我不太懂，但是不是因为您只看到附近的这些假山石景了呢？"

夏二回过头来望着麻子，说：

"当我来到这座石桥上，周围那些假山石景映入眼帘时，心里突然产生出一种感觉，觉得这不是我们这些人应该走的桥。这座假山假景中的石桥，应该让什么样的人站在上面才会合适呢？……"

"那就只有桂宫亲王殿下了吧。"

"要亲王创建桂宫那个时代的人吗？可是，我倒是想请麻子小姐站到上面，让我仔细端详一下呢！"

"啊？"

麻子满脸通红，想躲到夏二背后去。

夏二又说：

"我真是这样想的呢。"

"为什么？羞死人了。"

"因为将来再想起来时，就不会满脑子都是石头了。"

"不过，那可不是普通的石头呀。"

"对，我想起来了，刚才还提到了桥呢。说的是我死去的哥哥和麻子小姐姐姐之间的桥嘛。"

"对。"

"我们说的那是一种无形的心灵之桥，而脚下这座是三百多年前修建的坚固的石桥，一座美好的桥。如果人与人的心灵之间也能架起这种桥的话……"

"您说是石桥？石头桥架到心上怎么会受得了？最好是像彩虹那样的桥。"

"是啊，心灵之桥也许就是彩虹之桥吧。"

"但是，眼前这座石桥也保不准就是心灵之桥呢！"

"您讲的也许是对的。因为，这是为创造美而架起的石桥，是用来表现某种艺术的。"

"嗯。而且很早就有一种传说，说是创建桂宫的智仁亲王很喜欢《源氏物语》，每天都要看这部小说，因此，这座离宫很可能就是他醉心于《源氏物语》的产物。还有人说，松琴这一带就是按明石海岸的样子照搬过来的……"

"没有一点明石海岸的样子嘛！净是些奇形怪状的乱石头嘛！"

"导游说明书是这样写的呀。还说，因为智仁亲王的皇后出生在丹后，于是便按她家乡宫津湾被誉为日本三景之一的'天桥立'又在这里造了一个。"

夏二一边望着那片天桥立，一边从石桥上走了过去。

进入松琴亭正面又长又低垂下来的房檐，从罩在房檐下面的第二间房子上到亭子里。

在亭子里坐下，往刚才走过来的那座石桥附近的假山石景定睛瞧了一会儿。

二人又走进左侧的茶室，在那里也坐了一下。

从茶室往正面穿过第二间，来到第一间。

从地板墙到第二间的隔扇拉门，一律都是淡蓝色和白色相间的大方格图案，上面间或贴着古加贺国特产的纯白丝绸，与素朴的客厅相比，显得十分华丽。这种大胆奇特的艺术构思早已闻名遐迩，也是这第一间的一个特色；另一个特色是，第一间还从狭窄的套廊往土顶房檐下突出一部分，里面有茶具架和炉灶。二人在第一间里默默地坐了一会儿。

水池从右向左环绕着松琴亭。

然而，坐在第一间里朝外望去，水池左右两边的景色迥然不同。

往右边看到的是，刚才走过来的石桥，以及石桥前面一连串的假山石景，全是板着面孔怪怕人的岩石，很少有水；而左侧映入眼帘的则是萤谷一带的水池，宁静的池水深不见底，根本看不到石头，给人的感觉是一片辽阔的水面。

由此看来，难道庭园某一外有刺人神经的假山石景，竟也会牵扯到全局么？夏二试图在心里找到答案，但还是没有弄明白。

"不知怎么回事，就这样坐在这里，心里觉得好像有点怪怪的呢。"夏二说。

麻子仿佛有意避开夏二目光似的望着水池对面。

在一棵高大杉树的左右两边，分别是月波楼和古书院。

杉树的顶梢已经发黄枯干。然而，月波楼前的树篱笆却正吐出鲜绿的嫩叶。

二

回到东京以后，麻子觉得桂离宫的印象反倒变得更强烈了。

这里也还有另外一个原因，就是通过跟父亲的交谈学会了如何参观桂离宫的要领。

还把有关离宫的照片和参考书等从父亲的书架上抽出来，统统摆到了自己的桌案上。

麻子很认真地读了这些书。

麻子生来就有这种习惯。比如，去奈良县斑鸠町看过法隆寺回来后，麻子就要把凡能找到的有关研究法隆寺的书籍都读一遍。其他像音乐什么的也是这样，听完莫扎特作品演奏会回来，马上就动手了解莫扎特。

"提前翻书了解多好，过后再找也不顶用了。也许麻子要等出嫁后才去了解对方呢！"百子嘲笑道。

可是，倘若在别处碰到一道很少见的菜，有时在家里就会不经意地巧手做出跟那道菜相似的美味佳肴给大家吃，这也许正是麻子平时那个习惯在起作用的缘故。麻子这一习惯深得父亲的喜欢。

麻子下功夫了解桂离宫，大概也正是出于上述习惯。

不过，百子投过来的目光里却带有几分疑问。

麻子让姐姐看新书院第一间的照片，并说：

"在这里的'上段间'还稍微坐了一会儿呢！"

百子当即应道：

"是吗？夏二先生也……"

麻子并没有觉出姐姐在挖苦。

"夏二先生没坐。我也只是把腿伸到这书院窗板下坐了一下，望了望旁边的庭园。"

第一间有九铺席大小，其中有三铺席大小的地方用木框围着高出一块，称为"上段间"。只有这部分的天花板架得格外低，是用木条组成的一米见方的大方格，然后在上面装的木板天棚。最里边的墙壁上有著名的桂木架。

麻子说，"上段间"看上去仿佛把壁龛往前突出了一些。

麻子坐的那个固定几案，设在壁龛一侧往前突出的地方，上面搭着一块很低的桑木板，也可用来代替看书的桌子。在这块板下面有一扇可以卸下来的小木门，据说是专门为了夏季能向腿部通风用的。

麻子以看书的姿势坐在那里，把拉窗打开，当时夏二从外面把套廊的窗户也给拉开了。

满窗口都是院内树木的嫩叶。但这院子里的树木明显地稀少，而且跟窗子都有一段距离。

"在这间书斋的窗户前，设想麻子曾坐在那里，再看这张照片就会觉得有点不伦不类了呢。是这样吧？"麻子冲姐姐说道。

"是啊。"百子心不在焉地答道，"麻子没照哇。"

百子很稀罕地一直坐在缝纫机前。

麻子站起来，边瞧放在缝纫机板上的照片，边说：

"即便在桂离宫里，跟夏二先生也净谈姐姐了。"

"谈我？……"

"嗯，还谈到了夏二的哥哥。"

"噢？"百子冷冷地说，"是有可能啊。尽管都是些我所讨厌的事……"

"根本就没讲什么讨厌的事情。并没有讲姐姐你们的坏话嘛。"

"正是这样才叫人讨厌呢！麻子大概会做出一副很为姐姐着想的好妹妹的样子，在替我讲好话吧？"

"哎呀，太尖刻了。"

"夏二也肯定是讲些维护哥哥的话了，对吧？"

"是呀！"

"那纯属你们的一厢情愿，若是自以为你们讲的会符合真实情况的话，那就大错特错了。"

"我们讲的时候，根本就没有自以为了解姐姐的情况呀。"

"是么？那就怪啦！"

百子使劲胡乱踩着缝纫机。正在上棉布衣服的袖子，衣服下摆刚好被拨到离宫那张照片上。

"再跟夏二谈到我的时候，你最好语调冷淡一些，就像在随便讲起世上一个不相干的人。那种煞是同情、煞是理解的口吻，我可不稀罕哟！"

麻子一声不吭，默默地望着姐姐在接缝处动作的手。

"你们自以为是以理解的心情在谈论的，实际上统统都只不过是你们的主观猜测而已。"百子那似乎颤抖的手指正使劲按在布上，"你们究竟讲了些什么，实际上也只是我的猜测，但有一条原因是可以想象得到的，那就是麻子平时讲到父亲时，即便是对我提到时也一样，口吻里总是一心向着父亲的。……"

"姐姐！"

"怎么啦？麻子有时讲得甚至流出眼泪，所以……这并没什么不好，因为这正是麻子心善可爱之处，但女人有时也会自我撒娇陶醉于自身的温柔可爱的。就是那种只对自己本人的温柔可爱嘛！从麻子平时的样子来看，对父亲和我就好像总想要进行安慰和挽救似的，可是……"

"什么'挽救'呀，这种……这种想法从来就没有过。"

"不过，父亲是在接受麻子的挽救哩。因为父亲是坦率的，所以……讲爸爸对女儿坦率也许有点不对劲，不过……"

"就是嘛！"

"算我太别扭了吧！父亲为人很坦率，所以在对待麻子出嫁的问题上，任何男人在他心里都是看不上眼的。"

麻子不禁心中一动。

"这样的父亲也会对女儿的感情成长带来损害的。我在想，跟父亲俩彼此都任性地醉心于互相关心体贴上，究竟是否合适。现在就是麻子也该懂了，女人越慈善温柔就会越辛酸悲伤的。"百子稍停了一下缝纫机，"我这样说，你不会认为是嫉妒吧？"

麻子在百子头顶上方摇了摇头。

百子又踏动缝纫机。

"我可是个嫉妒心很强的人哩！尽管不知道麻子跟夏二在桂离宫是怎样谈论我们的，但我最近却一直在想：如果知道会让青木死于那场战争的话，还不如我动手先把他杀了呢！"

在麻子耳朵里，这些话都是对启太爱的一种表现，谁知百子又说出一句完全相反的话：

"倒不是因为我现在还在爱青木，而是因为我恨他。"

麻子没有去反驳。

"就连我妈妈也是这样。按我的想法，与其自己去死，还不如索性先把父亲杀了呢！理由就是因为不能正式结婚，这样自己就不会去死了。恐怕还是先把对方杀死为好。把这些都提前教给麻子吧。"

"你怎么了？姐姐。"

"不过，这样一来，事情就麻烦啦。假如我妈妈早把父亲杀死了，麻子这个人就不会出生到这个世界上来了，对吧？如果妈妈早就跟父亲结婚的话，照样不会有麻子降生。如此想来，真是不可思议呢。"

麻子不禁打了个冷战。

如果百子的生身母亲不自杀，而且爸爸不和麻子母亲结婚的话，麻子是不会出生的，但姐姐为什么要把这番话说出口呢？麻子实在有些害怕。

难道姐姐是把长期积郁在心头的憎恨和诅咒，像紧绷在弦上的毒箭一样吐出来的吗？

麻子仿佛被泼了一瓢冷水，好像被疏远、被丢弃了似的。

麻子完全没有料到，讲出跟姐姐恋人的弟弟谈到姐姐这件事，为什么竟会如此触动姐姐的肝火呢？

麻子离开百子身边，坐到自己床上。

这是二楼上的一个十铺席大小的西洋式房间，放上姐妹二人的床铺，又搬进了从镜子到缝纫机之类的日常用品。

"麻子，你休息吧！嫌吵么？"百子说，"另一个袖子马上就上好了。"

麻子一动不动地将一只手支在床上。

"说是这个星期天要请夏二来？因为在京都曾得到青木老先生的照料……不过，我可不待在家里！我讨厌这样。不好意思见夏二。在去青木老先生家里拜访时听说，父亲还和青木老先生谈到京都妹妹的事了……而对我们，关于这件事却什么也没谈嘛！就连麻子恐怕也没听说吧？"

百子不等麻子回答，一面踩缝纫机一面继续说道：

"一听到那句话，我马上就对来京都腻烦了。本来是父女三人一块去的，结果却是各奔东西。心思都不在一件事上嘛！麻子总是心地善良地为父亲和我，甚至还替京都的妹妹着想，即便是这样，父亲不还是背着麻子把什么都对那位老朋友讲了吗？我讨厌还要在咱们家里跟夏二见面。这样说，可能连我也变成替父亲着想了，但实际上我满脑子都是嫉妒。嫉妒压倒一切呀。自己的爱情可以受到怀疑，但嫉妒是不容置疑的。"

听到百子一吐为快说出来的这些话，麻子虽说有一种被刺痛的感觉，但还是感到发现了什么东西。

悄悄换上睡衣，然后躺到床上。

一闭上眼睛，脑海里就蹦出姐姐的那些冷言冷语。

然而，却没有眼泪。

"你休息吧！"

姐姐挖苦自己总是想安慰和挽救爸爸和姐姐，麻子在琢磨自己究竟是不是这样。

上好袖子后，百子来到麻子床前稍站了一会儿。

麻子已做好睁开眼睛的准备，只等姐姐开口了，谁知百子却一声未吭。

百子到楼下取来了父亲的一瓶外国酒。

接着又从自己衣橱里拿出一只银碗，往里倒了一点酒。

百子刚要去喝，又像突然想起什么似的把电灯关了。

就在屋里变黑的一刹那，麻子的眼泪夺眶而出，禁不住哭出声来。

"麻子，还没睡着么？"百子的语调很平静，"所以说，麻子才叫人讨厌呢！"

"姐姐，为什么，为什么你要这样折磨我呢？"

"大概是嫉妒吧！肯定……"

百子在黑暗中喝了一口酒。

"就当是安眠药，给我也来一点吧！"

三

正如事先跟麻子说的那样，夏二来的那天，百子带着竹宫少年跑到箱根去了。

乘的是从东京到箱根山区里的旅游大客车。

百子一直闭着眼睛，当汽车驶出横滨时，好像从车窗飘进来一股麦田的气息。

"这就是东海道公路两旁有名的林荫树么？"少年说。

时间还是上午，阳光斜射到车厢里面，松树的影子不停地从少年脸上掠过。

百子睁开眼睛，说：

"不要用那种女孩子的腔调说话，好不好？"

"有一次，姐姐不是说我的声音像女孩子，让我用女孩子腔唱一首歌，姐姐当时不是还跟着一块唱了吗？"

"对，是在芦湖吧，那天正下雪……"

"雪好大呢。"

"下雪前还要到湖里去，真够怪的了。"

"那样我才喜欢呢！往回返时，公共汽车在大雪纷飞的山顶上抛锚，简直成了美好的回忆。"

少年拉过百子的一只手放到自己膝盖上，用手指触摸着百子的手掌。

"好凉！姐姐的手冬天热、夏天凉，真好啊。"

百子心里明白，少年感受到的不只是手，还有接触到的别处的皮肤。

"是么？"

"凡是女人都这样吗？"

少年坐在靠车窗那边。

公路两旁松树的高大树干从车窗外飞速向后退去。

由于不是星期六和星期天，大客车里很空。

在通过马入川时，看到铁路桥梁周围有成群的乌鸦在呱呱乱叫。

旅游客车穿过汤本就要驶进箱根山区时，百子从小提包里取出一条金项链戴到脖子上。

项链前边刚好碰到胸部上方两侧锁骨稍稍突起的部位。

百子从不主动搭话，当竹宫跟自己说话时，也只是心不在焉地应付几句。

在靠芦湖岸边的箱根町下车以后，马上进了紧跟前的一家旅馆。

本来是准备在这里住下的，但百子却没有订房间，而是走进大厅在靠窗子的地方坐了下来。

"怎么办呢？要过湖那边再往前走么？"

"随姐姐的便……姐姐，坐汽车累了吧？"

"因为累，所以才想再往前走呢！本来想住下的旅馆，却正在施工，真讨厌。"

面向芦湖的院子里，正开始搞一项扩建工程。往下挖了很深，已经打好了地基。明天一大早就会被这钢筋混凝土施工的声音给吵醒的，百子在想，那也许会成为一种近似快感的体验呢！

然而，最后还是决定坐下午两点多的船到湖尻镇去。因为还有时间，便在旅馆里吃了午饭。

游览船从元箱根起锚时就上了许多乘客，所以甲板上的椅子大部分都坐满了人。

当右岸山上的旅馆映入眼帘时，竹宫说：

"那座旅馆现在也该是一片嫩绿了，肯定很美的。"

"嫩绿在京都不是看过了么？东山上那些柯树的嫩叶正生机盎然，恐怕已经开花了吧。"

"我可没看什么东山。只顾看姐姐了。"

"真会扯谎呀。不是还教你闻柯树和栗子树花味了么？"

"就是现在，我也没看什么芦湖嘛。"

湖面微波荡漾，闪烁着耀眼的银光。但留心仔细望去，才发现船是迎着下午阳光的方向驶去的，也许正是由于这个缘故，以船所处的位置为界，后边是波光闪烁，船头方向则是一片深蓝的湖水。

而且，那些波光粼粼的细浪正一点一点地扩散开去，到临近远处南岸的地方便在视野里变成了好似游丝样的细纹了。

只有正前方富士山一带今天还飘着白云。

从湖尻镇开往早云山的公共汽车坐满了从船上下来的游客，好不容易找到座位的百子被站着的人拥来挤去的，连头都抬不起来。

当汽车在大涌谷喷火口高地绕了一圈停下来时，百子才稍微能转动头部，扭头朝湖面望去。公共汽车行驶在茂密的树林里，仿佛都要碰到那些树枝了。竹宫把手伸到窗外，揪了一把林中的高棵花草。

从早云山坐缆车到了山下的温泉胜地强罗。

少年把花草一直带到强罗的旅馆房间里，放到桌子上。

"姐姐！"

少年抓住百子的项链用力往跟前拉。

"好疼！不知道这样疼吗？"

"可是，你早把我给忘了吧？"

百子想把项链摘下来。

"别摘！……我再不拽了。这样漂亮，还是戴上……"

"是吗？那就按阿宫喜欢的样子……"百子嘴上这样说，心里却为被金项链迷住的少年感到悲伤。

但是，百子还是戴着项链进入专供情人幽会的房间，并躺到枕头上。

少年用嘴咬住项链晃动起来。

"成了阿宫好玩的玩具了。"

听到百子这句话，少年马上把脸贴到脖子上哭了起来，嘴里仍含着项链。

百子怪痒痒的，便说：

"别装模作样了……多脏呀！"

"姐姐，是要把我甩掉吧？"

"又来了不是？什么甩不甩的……应该说分手嘛！"

"我可不是女人。我没有虚荣心。"

"噢？不过，阿宫是有些病态，分手就更可怜了。"

"啊，病态，好恶心人呢！我可要杀人的。"

"可以嘛!来吧!"

百子知道少年的嘴唇正贴在胸口上,心里不由得想到了那只银碗。

从启太父亲那里要来以后,曾多方试着往乳房上套过,结果却再也套不进去了。

耳后

一

百子醒来后才发现，竹宫少年已经不在旁边的床上。

但百子这时也好像是半醒半睡的样子，接着仿佛又进入了梦乡。

"哎呀，不见了！"

这句话本想嘟囔出来的，谁知却没说出口，只在脑子里闪了一下。

百子的脑袋已经麻木了。

脑袋麻木使心里觉得很舒服，所以很想再次被带入梦乡，但百子却忽然想起半夜时也曾醒过一次。

"啊，阿宫当时是想把我杀死的吧？"

百子完全清醒过来了。

伸手往脖子上摸了一下，金项链没有了。

"肯定是阿宫给摘走了。"

百子这下放心了。

半夜里醒来那次，少年是不是躺在身边，百子根本就没去理会。

尽管百子感觉是半夜，但当时院子里已经听到小鸟的叫声，所以大概已是黎明时分了。不过，与这次醒过来相比，当时好似更处于梦幻之中。宛如在半假死状态下苏醒过来，随即又陷入假死状态一般。

说到"假死"，昨天晚上百子就是装作假死入睡的。

在那之前，少年曾从背后扳着百子的脖子叫她：

"姐姐，姐姐！"

"好疼！好疼啊！"

"姐姐你转这边来嘛！我不要你这样。"

"这不挺好么。"

"我心里不舒服。"

"阿宫真的不舒服？"

"我可是真心实意的。从背后看着姐姐，心里可不是滋味呢！"

"我倒喜欢从背后看阿宫的脖子哩。"

"你这爱好够怪的啦！"少年把手臂轻柔地搂到百子的脖子上，"姐姐为什么喜欢从背后抱呢？"

百子以往大多是从背后拥抱少年，或者让少年从背后拥抱自己。

包括竹宫之前的西田少年，那时也是这样。其他少年也无一例外。

那次被麻子从背后撩起头发看到脖子时，百子就曾情不自禁地感到羞愧难当。究其原因，也完全是由于自己心里有鬼，总是让人亲吻后脖颈的缘故。

而现在竟被竹宫当场指了出来，令百子实在有点狼狈。

"还是不要脸对脸更亲热嘛。"百子临时编了个理由。

"亲热？……说谎！我倒是觉得看着我自己映在姐姐眼里的那个小人更亲热哩。姐姐对我有什么亏心事吧？"

"确实有，我是做过对阿宫不好的事。"

"又来蒙混人啦！你根本就不爱我。"

"又说这话……爱不爱的，那不是随便说说就算数的。什么不爱我呀，被甩掉呀，这些话阿宫随时都能说出口，但要总是这样的话，你一辈子都不会有真正爱情的。"

"姐姐光会哄人。你把背朝着我，肯定是在想别的事呢。"

百子在枕头上摇了摇头。项链被晃得几乎要碰到下颏了。

然而，被竹宫少年这么一说，百子却真真正正地越发显得清醒了。

百子沉默了一会儿，然后说道：

"阿宫，你看看我耳朵后面。在耳朵和头发那条界限之间，从那儿往下到脖子上有一条线，……那个地方是藏不住年龄的。"

"看见啦！"少年不假思索地答道，"真漂亮，清清亮亮的。看到姐姐耳朵后头这样，我就完全看透了姐姐的心。又柔和又透明，洁白无瑕呀！"

"阿宫真会说话呀！就算像阿宫说的那样，我也只能用耳朵去接住阿宫的奉承话，是不会传到背后去的。"

百子还在说话时，少年已把嘴唇贴到她耳朵后边了。

百子一下子缩紧了肩头。

"刚才洗澡时我就发现了。姐姐肩膀的线条，从脖子到手腕的线条，都真正呈现出一条白汪汪的柔和的曲线，简直无法用语言表达！到胳膊的最下边，手腕那儿又圆乎乎地鼓出来一圈。真觉得美极了！"

少年说着又用另一只手轻轻地握住了百子的手腕。

"你这张小嘴真巧啊。"百子细声嘀咕了一句。

少年使劲握了一下便松开了，又用那只手朝百子胸部摸去。

"我总觉得自己好像老是在背后追姐姐似的。叫人好害怕呀!"

对这副近似女孩子的腔调,百子又起了腻烦心理。

正是由于少年讲话时有种近似女孩子的腔调,百子才动了引诱竹宫的念头的,而竹宫则轻而易举就上了钩。

可是,没过多久,百子就对这副腔调嗤之以鼻了。

百子起初以为这是因为家庭环境好,故而经常撒娇造成的。是在装腔作势,故意显出早熟的样子。

面对这个少年,百子觉得自己有种男性般的优越感。竹宫完全成了年长女性的玩物。稍加施虐,再好好玩弄一番,还是蛮有趣的。

百子甚至还有一种煞有介事的错觉,仿佛爱竹宫少年就如同跟比自己小的少女在搞同性恋。

但是,百子很快就觉察出,竹宫讲话的这种女孩儿般的腔调及其他一些迹象,完全是他自己搞同性恋留下的毛病。

她发现这一点以后才回过味来,前边那个西田少年似乎也有同性恋的苗头。

她跟竹宫少年也并不完全是男女之间的那种相爱,可能早已陷入变相的同性恋了。

"这是病态呀!多肮脏呀!"

百子曾嘲讽过自己。

然而,也曾把这句话掷给过相处的少年。

不过,在百子心目中,觉得结局最惨的好像还是自己。

虽说少年像小女孩似的在纠缠,但他不正是凭着百子才了解女人,才从同性恋的病态中解脱出来的吗?

尽管带有少女味的少年身体依旧很光滑,但骨架和身上的肌肉却有了明显的变化——正在朝一个真正的男人发展。

百子也不同往日了。

那天被启太塑成乳房型的银碗，现在乳房已经套不进去了。百子曾用银碗试着套过，对乳房变得如此之大深感吃惊。

然而，百子真的已经变成一个成熟的女人了吗？

对于正常男女之间的爱情，百子总是有一种恐惧和逆反心理，这一切现在还远远未扫除干净。只不过是让那些少年领略了百子冷漠的心灵而已。

竹宫少年很敏感，已经察觉到百子的异常之处。好像在急不可耐地期盼什么，怀念着什么。

不过，对于将女人身体上的秘密公开给少年这件事，百子的自尊心从来就没有允诺过。

在这个少年即将成为真正的男子汉之前，恐怕也势必要跟他分手的吧？

这次来到箱根，百子就是准备了结此事的。

"姐姐干吗老想别的事呀？"竹宫在百子耳后悄声问道。

"你这小宝贝真啰唆！"

"来的时候在公共汽车上你就不爱跟人家说话嘛。"

"有什么好说的呀。"

"要是没什么好说的，你就看着我嘛！"

"我看了呀。"

"撒谎。"

"我真是再也不忍心看你啦！"

"肯定是因为想把我甩掉嘛。"

也许是这个原因，但百子脑子里一直在想的却是夏二今天到家里来这件事。

可是，为什么要躲避夏二，并且非逃出来不可呢？为什么会觉得留在家里将是十分尴尬的呢？

然而，百子离开家以后，无论是坐在公共汽车上，还是坐在船舱里，却又觉得心里根本无法平静下来。

启太的父亲和启太的弟弟夏二都跟启太长得很像。因此，与夏二见面是一件很痛苦的事。百子心里明白，倘若以此为借口，则自己就显得过于柔顺可怜了。

另外还有一个理由，如果妹妹麻子最终会爱上夏二的话，那就是为了不去妨碍他们。但百子知道，这样讲也只能表明自己当好人当过了头。

百子自己也说不清了。

总而言之一句话，尽管与竹宫少年已经来到箱根，结果还是这么一副心不在焉、茫然若失的样子，究其原因似乎全在于百子脑海里始终就没有离开夏二来家这回事。

"阿宫，"百子叫道，"阿宫在生活中有过要顶住自己悲哀的经历么？"

"悲哀？……"

"跟我这样待在一起，还不悲哀么？"

"瞎说！撒谎！"少年仿佛浑身都在扭动，"是姐姐要把我推到悲哀里去的。要甩掉我嘛。肯定是这么回事。"

"你既然这么清楚，干脆分手算啦！"

接着百子还撒了个谎：

"我还曾接到过阿宫母亲写来的一封信哩。信里让我把阿宫还回去，做个老老实实的学生。"

"什么呀！"少年有点心虚地说道，"姐姐撒谎都到这个程度了？连我家都搬出来了。"

"到现在为止，我觉得好像忘了阿宫还有父亲母亲呢！太不应该了。"

"竟然说出这种跟姐姐不相称的谎话，反正我是不愿被抛弃的。如果不爱我了，可以明说嘛！姐姐从来就没爱过任何人的。"

"爱过呀！"

"是自己吧？"

"不，是个死去的人……"百子心中想的是死去的启太，但嘴上却说，"是死去的母亲……"

"母亲？在芦湖下大雪那天，你说的可是爱父亲呀！"

"是那么说的么？一回事嘛。母亲是因为爱父亲才死的嘛。"

少年把脸使劲贴到百子的后脖颈上。

少年的眼泪滴到百子耳朵下边。这一滴滴泪水仿佛都渗进了百子的心里。

"我是爱姐姐才把姐姐杀死的。真想有一天能把这句话说出来呀！"少年的声音在颤抖。

"就那样来吧！"百子像是在悄声细语，"很好嘛。"

"如果被姐姐抛弃，我就会变坏的。我要把许多女人甩掉。不过，我会比姐姐甩得更高明的。"

百子吃了一惊，但还是淡淡地说道：

"是么？阿宫本事很高嘛，所以……"

"讨厌，真讨厌！我不要听！姐姐，救救我嘛！姐姐其实对我并不了解。"少年突然拼命摇动起百子来，"难道我就那么容易被抛弃吗？姐姐就是变成恶魔，也休想把我甩掉。"

少年把手臂搭到百子脖子上，不停地使劲往后拉，并且还用力摇晃。

"就这样还能把我甩掉？姐姐你说，这样能甩掉么？"

百子有点头晕眼花，只有少年那发疯似的胡言乱语像连珠炮般地在耳朵里轰鸣。

百子被弄得脸朝下趴在那里，少年的两只胳膊勒得她喘不过气来。在痛苦不堪之际，仿佛一切都不复存在了，浑身痉挛似的颤抖起来。

少年吓得一下子松开手臂。

百子长出了一口气，但浑身仍处在麻木之中。

方才在昏暗中感觉到少年把手伸过来时，百子有一会儿是憋住呼吸装死的。百子当时全身都是迷迷瞪瞪虚虚飘飘的，以至于连自己都不知道为什么要这样做了。

终于宛如飘飘欲坠般地陷入了沉睡状态。

早晨起床之后，刚要去洗澡，这才觉得两条腿像踩着棉花似的。

百子一面洗脖子一面感到有种说不出的高兴，因为竹宫少年已经把金项链摘走了。

虽说丝毫都没想到会被杀死，但当时毫不反抗，过后又一点都不害怕，只是像浑身瘫得毫无知觉似的沉沉睡了过去，对此连百子自己都感到十分奇怪。

二

自打同竹宫少年到箱根去了一趟之后，百子就变得不愿外出，成天只是闷在家里。

大多数时间都是坐在缝纫机前,看架势是把麻子的夏装全都承担起来了。

有时还把旧衣服加加工,全都翻改成新式服装。

麻子本来也是喜欢缝制西式服装的,于是便说:

"好啦,姐姐。连这些改衣服的活都让你给我做,太不好意思了。"

"这也是一时高兴才干的,还是让我来吧!要是式样不合心意,不穿也可以嘛。就是不合心意,麻子照情理也会为我穿上的,只是……"

百子大概也未必是在挖苦。

"姐姐把这些活都替我干了,我好像就无事可做了,叫人家看着多不好呀!"

"这话也算有道理,麻子就……"

"只洗洗衣服什么的,我觉得就跟无事可做差不多嘛。"

"那好,你就老老实实地洗衣服吧!"

"嗯。"

百子笑了,扭过头望着麻子。

"你这人真烦人。完全没必要用这些心思嘛。"

"哎呀。"

"其实依我看呢,就是对爸爸,麻子也好像总是费尽心思,整天捏把汗似的。别人可能会以为是我小心眼,实际上根本就不是那么回事。因为那样有时反而会对爸爸不利的。麻子自己可能还没意识到吧?"

"没意识到哇。"

"是啊。把这些话说出口来,我也感到似乎有些过分。不过,麻子毕竟还是像妈妈，所以……妈妈对爸爸是不是也有这种倾向呢？……"百子很平静地说道。

然而，麻子却被刺到了痛处。

麻子认为，这是旁观者的看法，是站在继母所生子女的立场在看问题。

"麻子是不是在爸爸周围布了一张用心良苦的细网？要我看呢，那就像是一张漂亮的蜘蛛网，在春天的阳光下闪着银白的光，正被风吹得微微发颤哩！"

"我自己也不大清楚呀。"麻子只呆呆地答了这么一句。

但是，麻子却在扪心自问：难道会是自己在跟姐姐争夺父爱吗？

最近一个时期以来，每次要跟姐姐谈到父亲时，麻子事前都觉得有些紧张。

百子则自有另一番心事，脑海里一直浮现着在箱根强罗那家旅馆里所见到的另一对姊妹的形象。

竹宫少年究竟是回东京了呢，还是要在那边转悠一阵才跑回来呢？关于他离开旅馆时的情形，百子本想向女佣打听一下的，但却难以启齿。

避免跟伺候用餐的女佣视线相遇，只把目光投向庭院，把一个人的早饭咽下肚去。

这家旅馆原先也是藤岛财阀的别墅，客厅只有七八间，然而庭院却有两万来平方米那么大。

近似于保持原生林形态的这座庭院，呈斜坡状倾向山谷。树木枝繁叶茂交织在一起，有如浑然天成，一点也看不出庭园工艺师加工的痕迹。

百子房间前面有棵大栗子树。

听到有女子说话的声音,往那边一瞧,原来是姐姐正在后面招呼先下坡到庭院里的妹妹。

"是一对亲姊妹吧,长得真像呀。"百子对女佣说,"一模一样,简直不敢相信呢。"

"是呀。那二位还都带着刚好一般大小的婴儿呢。"

"真的呢。丈夫也跟她们一块儿么?"

"是的。后来太太的母亲又来了。"

"母亲长得也很像吧?"

姊妹俩从百子房间前面走过去,顺着庭院里的路朝下走去。

虽说眼睑线条缺乏温柔,但睁得大大的眼睛却使雪白的面庞显得十分漂亮。满头厚厚的黑发,脸蛋光艳照人。

当姐姐的那位也很年轻,大概比百子要小四岁左右。

二人都背着哺乳的婴儿。看样子生日差不了几天,可能还都未满周岁。

母亲身上是旅馆的浴衣,但婴儿穿的却是一模一样的红衣服。百子猜想,肯定是姥姥送给两个小宝贝的。

庭院小路两旁长满了杜鹃花等花草,虽然已经没有花朵,但还是遮住了她们胸脯以下的身影。姊妹俩置身于茂密的绿叶之中,再往前也是一片绿叶的海洋。

稍微离远点看,甚至令人怀疑是不是双胞胎。

身后背的孩子恰似万绿丛中一点红,望着长得如此相像的姊妹俩的身影,百子简直入了迷,蓦地觉得恍如仙境一般。

然而,当姊妹俩背朝这边往前走去时,却发现那又粗又短的脖子上长着一层厚肉,实在显得俗不可耐。由于身上背着孩子,后背上的肉显得更突出了。

"哼！"百子不禁对自己发出了一声嘲笑。

一对长得很像的姊妹，背上都背着个婴儿，面对此情此景，百子胸中大概曾涌起过一股神圣的幸福感，但也许是由于竹宫少年不在身边造成的内心空虚和不安，因而才会出现这种心理效应的吧。

过后百子曾考虑过，自己的长相不像妹妹麻子，这也许有两种可能，要么是上帝的安排，要么就是人间的胜利。

自那以后竹宫少年多次打来过电话。

但是，百子每次都没有去接。

少年也曾到家里来找过，被女佣婉辞拒绝也不回去，因此，麻子便说：

"我去见见吧？"

"是啊，又该轮到麻子管闲事了吧？……你干脆就说姐姐已经死了。"

"啊？"

"一说他就明白了。"

大约过了一个小时，麻子才神色不安地上到二楼来。

"姐姐，我以为是竹宫小朋友一个人呢，谁知叫西田的那个小男孩也一块儿来了。"

"是吗？到底还是孩子呀。"

"另外还有两个。四个人哩。"

"是吗？"

"怎么说都不听，非要见见姐姐。还说，为了表示对阿宫的同情，四个人都要去死呢！"

"你本来可以替我表示感谢的，就说：姐姐可能也正希望这样呢。……"

"姐姐到外边去很危险呀。"

"这些孩子都很老实的。"百子皱起了眉头,"十年以后再等着瞧吧!受到伤害的将只有作为女人的我,所以……"

麻子默默地望着姐姐。

"有一句话是这样说的吧:时间将解决一切。这时间好像只是为男人度过的呀!葡萄牙语里有这么一句话:当我为治愈恋爱的创伤而试着尽最大努力的时候,我才知道自己爱得有多深。麻子也要当心呢!"

麻子走到窗前,两眼朝下面的马路望去。

几个少年早已不见踪影。

百子说道:

"麻子,你可晒得够黑的呀。"

"嗯,打网球……"

"真的变黑了呀。"

"不过,我还是喜欢夏天。"

"在网球俱乐部,经常跟夏二先生在一起么?"

"不是。"

在麻子离开窗口之前,百子已经坐在缝纫机前了。

又过了大约十天之后,麻子患急性肋膜炎住进了医院。

夏二到家访问来了。

百子心里明白了,麻子并没有把得病的事告诉夏二。

为什么不告诉呢?百子莫名其妙地疼爱起妹妹来了。

"家父让我去办点事,我正要去博物馆呢。事情马上就能办完,您能跟我一块去么?反正妹妹不在家。"

听到百子这样说,夏二马上点了点头:

"好的。因为放暑假要回京都,所以提前来拜访一下。家父还要我带口信给百子姐姐。说是很想请您到京都来,让我放假回家时跟您一块去京都。"

"是么?谢谢。"

百子从博物馆出来时,夏二正躺在樱花树荫下的草坪上等着。

在从上野公园往大马路那边走的路上,百子开口问道:

"夏二弟弟是夏天的生日吧?"

"对,正如名字所讲的,是八月。但我可怕热呢!"

"京都是够热的。"

"嗯。不过我还是最喜欢夏天。"

百子控制住微笑,若无其事地说:

"这么说,您是打网球才晒黑的喽?"

"就是。真是变得够黑的了。"

百子回忆起他哥哥启太在部队里也晒得很黑。

有一股男人在夏天里发出的气味,是启太身上的味。

百子从夏二身边悄悄离开一点,继续往前走去。

总爱闷在家里的百子,对头顶上射下来的强烈日光也有点吃不消了。

彩虹画面

一

麻子出院时已是秋天了。

在病房里,麻子每天都盯着墙上那幅画有彩虹的油画。

是米勒画的《春》,一幅彩色印刷的复制品。

当麻子已能自由行动到病房走廊去打电话时,有一次曾求父亲给办一件事:

"我想看看绘画作品什么的。下次您来时,想请您把藤岛武二的画集给带来呢。"

"啊,是藤岛那本大画集?……唔,可是,那本书很重,你躺在床上能看得成吗?"

"是呀。不过,那里面有彩虹画呀。"

"彩虹画?……是画有彩虹的油画吗?"

"对。有一幅在湖面上升起彩虹的画。"

"是吗?可是,如果要彩虹画的话,有一件米勒彩虹油画的复制品呢。麻子还记得吧?"

"米勒的画?记不得了。"

"是么?现在不知放到哪儿了。如果找到的话,到时就跟藤岛画集一块给你带去吧。"爸爸在电话里说。

翻看画集才知道，藤岛武二绘有彩虹的这幅画，题名为《静》，是大正五年送到文部省展览会参展的作品。不消说，创作这幅画时麻子还没出生。

至于米勒的《春》或者叫《彩虹》的那幅油画，则是一八六八年法国美术展览会上的参展作品。由现在往前推算已是近八十年前的事，当时麻子的父亲还没出生。

在创作这幅画的前一年，米勒曾将过去创作的九件作品送到万国博览会参展，在会上获得一等奖，并被政府授予勋章。就这样，在历经长期艰苦的奋斗之后，他终于在五十五岁时迎来了光荣和胜利的时刻。

然而，据说米勒这幅题名为《春》的油画送去参展时似乎还没有最后完成，最后完成则是六年之后的一八七四年。这一年是米勒死前的一年。所以也可以说，《春》乃是米勒的最后一幅名作。

"米勒的这幅油画，麻子没见过吗？"来医院后，爸爸又问了一遍。

"不记得了。"

"唔，怎么会是这样呢。"爸爸好像仍存疑惑，"麻子当时竟会那么小啊。麻子长大以后，这幅画再没拿出来过？"

"没见过。"

"原来是这样。也许确实如此。当年爸爸去西洋时，买了好多名画复制品做礼物，这就是其中的一幅，其余的都送给人了。这幅画你妈妈说喜欢，就把它留下了。"

"妈妈喜欢它吗？"

"对。因此，就照这样给它装上木头镜框，后来你妈妈便一直挂在房间里。"

麻子从病床上坐起来，说：

"这幅画我也喜欢……"一面入神地望着这幅彩色印制的油画，一面用袖子擦拭镜框上的玻璃，"只在边上画出一点彩虹哩！"

"嗯。"

"是苹果花呢。"

画面上是冬去春来季节，大地上绿草萌生，几棵苹果树上开着白花。正对面山冈上的森林也已披上鲜嫩的绿装。红褐色的大地仿佛湿漉漉的，天上乌云密布，挂着一条很宽的彩虹。

彩虹升在画面的左上方，一直伸到画面以外。彩虹可能是在祝福万物复苏的春天吧！

百子来探视时，米勒的这幅《春》已挂在病房的墙壁上。

百子背朝墙坐着，所以并未发现。

"姐姐，父亲把这幅画给我带来了。"

听麻子一说，百子才开始转过头去。

"哎呀！"

接着，为了能看得仔细，百子上身朝后仰去，将手支到麻子床上。

"啊？是这幅画跑到这儿来了？"

"姐姐还记得这幅画？"

"记得呀。"

"是吗？我可不记得了。爸爸说我也该记得的，但我就是想不起来了。"

"可能啊。"

"还说妈妈当时很喜欢。……"

"差不多吧。一直挂在妈妈房间里的。"

"真的？姐姐还记得这件事？"

"记得呀！忘不了的。当时爸爸刚把我从乡下接到身边，那时这幅画就挂在妈妈房间里啦。"

麻子不禁暗自一惊。

"印象深着呢！"百子说，"因为麻子生了病，所以父亲想起了妈妈，于是便把这幅画拿到医院里来了。等于是让妈妈保佑麻子呢！"

"不是那么回事吧？是我说藤岛武二有一幅湖面上升起彩虹的绘画作品，很想看那本画集，因此才求父亲给带来的。父亲说，若是这样的话，还应该有一幅米勒的带彩虹的彩色印刷的油画呢，于是才……"说着，麻子连忙把藤岛武二画集拿给百子看，"因为想起了琵琶湖上的彩虹，所以才想看名叫《静》这幅画的。"

"是么？"

"听爸爸说，米勒的画是从国外带回来的礼物。……"

"噢？我让人家给接回来也是爸爸留洋带来的礼物啦！"百子忽然迟疑了一下，但还是若无其事地说了下去，"爸爸离开祖国，身在遥远的异国他乡，可能也想起我妈妈和我来了。于是就在信里与麻子的妈妈商量了这件事。麻子的妈妈嫁过来时是知道有我这么个孩子的。不过，反正我妈妈不能跟父亲正式结婚，又去世了，我是待在乡下姥姥家。作为已经告一段落的事情，父亲本来也可以把我丢下不管呢！父亲是因旅居遥远的国外，所以才变得心软的吧。麻子的妈妈说不定也是由于与父亲远隔千山万水，因而才发了慈悲的呢。"

说这些话时，百子用了"我妈妈"和"麻子的妈妈"的讲法。

这在麻子听来十分刺耳。

虽说时至今日已大可不必为此烦恼，但对于尚未留在自己记忆里的年轻的父亲竟会在国外旅途中哀切地思念起那个不是自己母亲的女人和那女人的孩子，麻子仍感到难以接受。

"所以才说，我能当上麻子的姐姐，就像爸爸从国外带回来的礼物一样嘛。被领到爸爸家那天，我就看到这幅米勒的画了。"百子又重复了一遍。

麻子也望着墙上的画，说：

"我可不记得了。"

"麻子被妈妈抱着坐在腿上呢。就是我第一次见到麻子那天。麻子很奇怪似的望着我。妈妈当时就说：麻子，是姐姐呀！姐姐来了该高兴了吧。麻子却好像很害羞似的，朝妈妈半扭过头去，把手伸进妈妈怀里。可能是抓住了妈妈的奶头。当时我好想妈妈哟！也有一种嫉妒心理。在乡下就常有人告诉我，这回是要去见一个能给自己当妈妈的人啦！谁知当面一看，却见到腿上有一个可爱的孩子，而且跟妈妈长得那么像！当时心里就明白了：这不是我的妈妈。"

"我已经记不清了。"麻子嘟囔道。

"很可能是这样的。还是我告诉麻子的，说咱们俩不是一个妈妈。麻子当时几岁了？"

"六七岁啦。"

"对，是七岁时的事。那以前我心里难受着呢！因为妈妈的亲生女儿不了解真相，而前一个妈妈生的女儿却知道得很清楚。如果把这一切反过来，姐姐也可能会隐瞒真相，并好好照顾继母妹妹的。可是……事实并不是这样，所以我总觉得好像欠麻子点什么似的，心里一直很不安。当我讲明不是一个妈妈时，麻子马上就哭起来了。我浑身哆哆嗦嗦抖个不停。看到我在发抖,麻子仿佛吃了一惊,马上就不哭了。"

"这件事我还记得很清楚哩。"

"事后我曾在心里琢磨过,当时为什么会浑身发抖呢?瞧人家是个多么坚强的孩子呀!真是连自己都好讨厌自己呢。我还曾胡乱猜想过,可能麻子也模模糊糊地知道一点了。"

麻子摇了摇头。

"我还一边哆嗦一边叮嘱麻子,不要对爸爸和妈妈说哩!"

"都是过去的事了。"

麻子躺在床上,将毛毯拉到胸口上方。

"是呀。就到此为止吧!我是看到这幅画才想起来的。"

百子也转过身来,重新坐到画下面的椅子上。

"提到绘有彩虹的画,好像在安藤广重的亲笔画里也有呢!在什么地方见过来着?也许是在画集里见到的。大海上升起一条细细的彩虹,记得确实是一幅画着洲崎的画。"

"有关彩虹的画大概很多吧。"

"是啊,安藤广重那幅叫《洲崎晴岚》,属江户八景之一,所以跟琵琶湖也不无缘分哩。下次把广重画集给你带来吧?"

"好。"

"洲崎彩虹那幅画,画面很淡,好像很玄虚似的。"

百子也许是为了喘口气才谈起广重的绘画的。

然而,随着百子对幼时的回忆,麻子也跟着想起了自己的童年。

同父异母的姐妹俩的回忆各有其不同的时间轨迹,完全是互不融合的。

姐姐又抬头望着墙上的画说:

"米勒的画有一种深沉的力量，给人一种强烈的欢乐感。对于刚从乡下来到城里的小小年纪的我来说，看到这幅西洋画就感到仿佛进入了跟以前截然不同的时髦而又豪华的生活似的。因为听说是到爸爸家去，所以在我幼小的心灵里可能早已绘出了一道彩虹。但是……"下面的话大概是，"但是，那道彩虹已经消失了"吧？

即便确实如此，在童年的百子第一次见到这幅画时，麻子却还被抱在母亲怀里，对此毫无记忆。

再说，对于当时母亲的情况，作为亲生女儿的麻子一点儿记忆都没有了，而并非亲生女儿的百子却记得一清二楚。

麻子则很自然地会产生一种感到不合理、感到奇怪的心情。

如此说来，在这种心情的背后，莫非果真隐藏着对同父异母姐姐的敌意和嫉妒吗？

幼儿一向都是以自我为中心的，而且有时心眼坏得出奇。幼小的麻子当时正坐在母亲的怀里，居高临下地望着刚从乡下领来的异母姐姐，她当时究竟是一副什么模样呢？是不是以三岁孩子的真实面目露骨地表现出对姐姐的蔑视和憎恨呢？

麻子自己实在是回忆不起来，正因为如此，心里越发增添了一层烦恼。

"大概是因为有病的缘故，麻子才想到要看画有彩虹的画的。不过，也许是由于从小就经常看到母亲喜欢的彩虹画的缘故哩。"百子说。

麻子心头一震，但却说道：

"不是那么回事呀。是因为我想起了琵琶湖冬天的彩虹嘛。"

"什么冬天的彩虹，与麻子不相称嘛。应该是我才对。麻子只消看春天的彩虹就够了，比如像米勒这幅画这样的。"

"我也并不完全跟姐姐想象的一样呀。"

"这倒是啊。在麻子很小的时候我就闯了进来，也许因此才使麻子性格发生变化的吧！自从我向麻子说穿不是一母所生之后，麻子就大不一样了。对我变得更亲了。麻子现在还爱为别人操心，成了一个过于善良的人，这一切恐怕都是我给造成的呢。我把实话说得太早啦！"

"不过，若把妈妈结婚的时间和姐姐的年纪仔细在心里琢磨一下，任凭哪个孩子都会明白的吧！"

"是呀。"

百子点点头，用右手使劲抓住左手手腕，轻轻地垂下头去。

"但是，由于明白了小小年纪的麻子的用心，所以当时我就曾向自己的童心发誓：我将永生不背叛麻子。然而，根本就不管用呀！只有等死了变成灰以后再向麻子赎罪啦。"

"说什么呀，姐姐！"麻子稍显眍䁖的眼皮快速地眨动着。

百子也不是没有想到，麻子之所以伤了肋膜，也完全与她总爱体谅别人的天性有关。

麻子是被夏二劝去打网球，因而才突然迷上这项剧烈运动的。尽管其中有乐趣和喜欢的因素，但也不难看出，麻子迷恋到忘我的程度，很显然是为了投夏二之所好。

麻子不肯轻易将自己得病的消息告诉夏二，恐怕也正是她这种心地善良、惯于体谅旁人的天性的另一种形式吧！

百子不禁从心里怜爱起妹妹来。

然而，当百子见到夏二时，却压根儿就没有提到妹妹得病这件事。不能说百子是体谅到妹妹的心才这样做的。

明知夏二是为了找妹妹才到家里来的，但百子并没有讲麻子住在医院里,尽管二人一起到了博物馆,又一起漫步在街头。

明明是夏二不便主动向百子提起麻子,可百子却感到他是难为情。既不是故意使坏心眼的心理,也不是幸灾乐祸的小心眼。

到医院看望麻子时,百子也没有讲见到夏二的事,更没有提夏二邀请她们到京都家里做客这件事。

然而,由于麻子不在家,百子便整天为照料父亲日常起居和指挥厨房事务而忙得团团转。

"麻子一不在家,爸爸就有点打不起精神的样子哩。我实在是看不下去了。平时总是把爸爸完全委托给麻子的,所以我什么都不了解呀!"百子摇了摇头,"就说羹汤这一件事吧,总是跟麻子做不成一个味道。这件事老是挂记在心上,实在令人讨厌。只跟爸爸两个人在家过日子,我再也受不了啦!简直变得抬不起头来了。"

尽管百子嘴上是这样说的,内心深处却已经燃起了一股无名火。

继母在世期间,百子仿佛一直在暗暗地约束自己,对父亲采取了一种不亲不近的态度。

这种习惯一直保持到今天。

麻子母亲生前喜欢的绘有彩虹的画,如今已出现在麻子的病房里。对于这件事,百子甚至怀疑父亲可能是背着自己拿来的。当内心突然闪过这一念头时,百子不禁感到自己实在是太可怜了。

如果此刻不是当着麻子的面,百子真想把牙齿咯吱咯吱地咬出声来。

二

尽管前两天预报的台风已经顺着海面刮了过去,但从拂晓开始却刮起了大风。

麻子以为是雨打玻璃窗的声音，谁知却是银杏树叶。

树叶才刚刚开始泛黄，还远不到落的时候，但说不定银杏树叶是经不起风吹雨打的。

那棵银杏树比医院二楼的屋顶还要略高一些。

只一早晨工夫，叶子就落得连树枝都露出来了。

就在这一大清早上，竹宫少年来到医院，令麻子吃了一惊。

"啊，出什么事了吗？"

"可以进去吗？"少年已站在门边。

"有风，快关上。"麻子说。

少年关上门，却没有往近前走。

背靠洁白的房门，少年的脸庞好像被衬得特别突出。

"怎么了？你是怎么知道这里的呀？"麻子心中有些紧张。

"从女佣那儿打听到的。"

"是吗？"

"我嘛，偷偷躲在府上围墙外面守候着。我知道女佣肯定会外出办事的，等她出来我就逼她说出来了。"

"噢？"

麻子已经可以不必整天卧床了，因此便穿上一件箭翎图案的平纹绸夹衣，起身坐在床上。

合着衣领，双膝抱拢在一起。

"她说姐姐在京都，麻子小姐在住院。所以……"

"姐姐在京都？"麻子差一点就嘟囔出声来了，但还是咽了回去。

女佣可能是在骗竹宫吧！

不过，先前也曾听说过，爸爸为夏二父亲设计的茶室似乎已经建好了，要被请去参加茶室正式启用的仪式。

爸爸曾半带安慰地说过，麻子病好了也一块去吧！麻子暗想，难道是姐姐提前动身了吗？

且不说这些，在这暴风雨即将来临的早晨，竹宫跑到医院来究竟要干什么呢？

麻子身上松松地系着用整幅布做成的宽腰带。这件事也还一直悬在麻子心上。

"我也准备到京都去。"少年说。

也许是在路上被风吹了的缘故吧，少年的脸色很红。

连耳朵都像冬天似的变得通红。

刚进房间时只有嘴唇发红。

麻子心平气和地问道：

"去京都见姐姐么？"

"对。"

"见了做什么呢？"

"我也不知道见了做什么。不过，往最坏处讲，要么是把姐姐杀掉，要么是我去死。绝不给旁人添麻烦就是了。"

麻子觉得好像浑身都起了鸡皮疙瘩似的。

"你来这里就是要对我说这件事么？"

"不是的。我很感激麻子小姐，所以只是来看望看望您！"

麻子听出这声音有些空洞。

"上一次到府上去时，麻子小姐给人的印象很好，因此我们才乖乖回去的。"

"是么？不过，当时我可是很生气的，四个人一块来，未免有点太胆小了。绰绰有余嘛。"

"是吗？"少年垂下目光，"另外还有一件事，我是来还姐姐项链的。想请您替我还给姐姐。"

少年从口袋里掏出金项链，走到床跟前放到被子边上。

"这是怎么回事？"

"偷的。拿这种东西是胆小鬼嘛！凡是姐姐给我的东西统统都烧掉了。我要跟姐姐本人决一死战。"

"什么决一死战，根本没这个必要嘛。你能看在我的分儿上不去追姐姐么？能不能等她十年？等上十年后，如果你还想把姐姐杀死的话，那时再杀也不迟呀。"

"我可活不了这么长时间哩！"

麻子不禁打了个寒战。

"五年也可以，三年也……"

"麻子小姐，您内心里对姐姐是怎么看的呢？"

麻子一下子答不上来了。

"我是想还项链才来的，再见！祝您愉快。今后也还想见到麻子小姐。您的病如果加重了我会很难过的。就这样吧！请多保重。"

少年蓦地转身走出房间，长长的头发一直搭到脖颈上。

麻子脑海里留下的是一张白眼仁有些发青似的面庞。

麻子躺在被窝里闭上眼睛，并用手捂住。手掌有些发凉。

外面的风声已经减弱，麻子睁开眼睛一瞧，令人压抑的浓重的乌云正翻滚飘动着。

麻子给父亲打了个电话。

原定最近几天就要去京都的。

"姐姐也一起？……"

"啊。要带百子去的。麻子也可以出院了,本可以一块去的,不过嘛,还是当心点为好。反正回到家里也是你一个人,还不如先住在医院里等我们回来,这样反倒更稳妥些吧。"

"姐姐不在家?……"

"风一停就出去了。这风好大,医院那边怎么样啊?"

"嗯。"

麻子有意向父亲避开了竹宫少年到医院来说要去京都这件事。

父亲和百子乘鸽子号特快列车离开东京。

列车员在车厢广播里说,这是一列新客车,二等车厢座席的脚踏板可以调出三个不同的高度,椅子靠背可向后最大倾斜四十五度,各位旅客可以调出自己喜欢的角度。

父亲赶忙倾斜成四十五度,伸开双腿躺在上面。

百子也想照着父亲的样子去做,但忽然想起肚子里似乎已怀上了竹宫少年的孩子,身体是不能向后倒下去的。

虽然还不到十分显眼的地步,但百子总觉得腹部已经不那么伸展自如了。

还是在动身到京都之前自己才暗暗怀疑怀孕的。

百子总是喜欢望着外面的景色。

农民家的菊花地里盛开着红色的菊花,菊花对面的铁丝网里有一大群雪白的家鸡。

树上的柿子已经开始变黄。

由于昨天夜里那场雨,爱知县三河路那些漂亮的铺瓦屋顶今天也好像被淋黑了似的。

静冈县的滨名湖畔也平添了一层秋色,湖水一浪高过一浪地冲向沙滩。

火车在这一带停了下来。

车内扩音器响了起来：

"请注意，请注意！现在是在等待信号。"

火车开动后，百子起身离开了座位。

洗手间有两个，分设在车厢两头，前边为男人专用，后边是妇女专用。

百子很自然地想到，这也许是妊娠反应，因而一直忍到现在。

秋叶

一

百子由父亲领着从银阁寺先到了法然院，然后回到坐落在三条的旅店。

"我忘了是谁了，记得他曾说过这样一句话：走在京都街道上，感觉就好像走在高原上一般。今天这一趟就是这样。"父亲停下脚步，望着天空，正是一个秋高气爽的日子。

离开银阁寺，沿着山脚下的路向南走去，很快便看到了法然院的黑大门。

既看不到池中菖兰重开的花，也没见到属于珍贵树种的"散山茶花"开放，但在满眼红叶的庭院的雪白细沙中传出了水声。

寺里山茶树很多，据说住持作了许多有关山茶的俳句。

法然院附近的住莲山安乐寺里有金琵琶、金钟儿和一座五层的塔。百子也还知道有关后鸟羽院的宠姬、金钟儿、金琵琶和法然上人之弟子安乐、住莲的故事。

也还听说，由于上述缘故，安乐、住莲二位僧人被处斩，师父法然被流放到佐渡。

如今寺院已凋零在荒草丛中了。

在安乐寺南面，鹿谷里有一座灵鉴寺。

从灵鉴寺沿着一条水渠往下坡走去，可以到达若王寺，再往前就是南禅寺。

青木家便住在南禅寺附近。

今年春天，青木的父亲曾经说过：

"在我看来，若王寺水渠樱花的色泽，在整个京都也是最好的哩！"

百子和麻子当时都认为，若王寺那棵高大枫树的嫩叶真是美极了！还仰着头望了一会儿。透过细密嫩叶的缝隙可以看到蓝天，感受到真正的日本独有的红叶风貌。

尽管满心想去观赏那棵枫树的红叶，但百子因肚子里的孩子而心事重重，便与要去青木家的父亲告别，径直先回到了旅店。

一名今年春天住在这里时没见过的新来的女佣负责接待他们。据她自己讲，她父亲是原海军大佐。

"是个永久牌大佐，总说再也无出头之日了。"

"大佐可够得上大人物了吧！是干什么的？"

"请他当了个潜艇司令。战争一结束，海军那些老人就一点用也没有了。所以，好像都盼着再次被拉出去派个用场，干脆死在海上算了。"

"是啊。现在又发生了战争，一旦要从海上封锁朝鲜和中国的话……不过，日本嘛，日本的潜水艇不是都沉没了吗？"

"大概是吧。我根本没闲工夫听这些事。"

百子一直在琢磨她究竟是不是大佐的女儿，谁知又听说她丈夫是死在沉没的军舰里的。

而且，据说还有两个孩子。当听到大孩子已上小学二年级时，百子便朝这名女佣仔细打量了一番。

"哎呀，真叫人想不到。人一漂亮就是显得年轻哩！你好年轻呀。我还以为你比我小呢。"

"您说什么呀！小姐您才算漂亮哩。……"

尽管眼皮稍有些发肿，但这名女佣确实是个细长脸型的京都美人。

她是个独生女，战死的丈夫是养子，母亲也早已去世，那位原海军大佐又根本不会照料孩子。所以，这名女佣说，她每天上下班都跟别人不一样。

"既是每天来回赶路上班，就必须得格外注意衣着穿戴；即便自己不需要任何东西，孩子的衣服也是个难题。收入也比住在店里的要少。下班回家一般都是在末班电车前后，跟孩子见面也只是在早晨最忙的时候。从中午的盒饭，到晚上的饭菜，都必须手脚不停地赶在早晨离家之前准备出来。我那老大是女孩，所以她就对我说：妈妈，近来饭桌上可够冷清的呀！我们一定咬紧牙关忍耐下去，外祖父不是在战争中被打败了吗？"

百子说，一个年纪轻轻的女人靠当旅店女佣养活一家四口人，这在最近一段时间恐怕是很艰难的吧？

"我心里常常在想，只要有一个孩子跟自己在一起，无论怎样也会想办法坚持下去的。如果只是自己一个人的话，那就根本没有干头了。"

"是吗？"

百子欲说又止，心中暗想：启太是战死了，如果当初自己也带着他的孩子的话，现在又会怎样呢？

生下一个不是启太的，而是竹宫少年的孩子，难道明年就要去参加工作吗？

162

女佣说，她六月份出来上班，很快就到了梅雨季节，在这期间得了肺浸润，夏天就在家休息了。现在是为了孩子的冬衣才又到旅店早出晚归上班的。

"可能是用力过度，这里压着了。"说完，女佣把手搭到了肩膀上。

"我妹妹也把肋膜伤着了。春天曾跟我一起来过，得到这里的关照，但这次却住进了医院……"百子也说道，"只是，我妹妹是因为打网球呢！"

"这是因为身份不同嘛！"

不过，百子却暗自在想，假定麻子也是为了夏二才突然进行过于剧烈的运动的话，说不定在她自己来说还是很认真的。

"什么身份不同，你讲的是句过时的老话呢。"百子笑了。回顾一下自身，仿佛竟是在苦笑。

昨天的潜艇司令已被停止发放俸禄，今天又跟两个外孙一起靠女儿来养活；而到了明天，百子自身会如何就不得而知了。现在的世界就是这个样子。这就是世态炎凉。

"现在的日本恐怕根本就没人能说出准确的身份吧？你要负担三个人，也许只有这一点是准确的哩。"

"是呀。不过，我的工作和我的身体，没有一样是可靠的。只有一条是不会错的，那就是我们四个人必须填饱肚子。……"

女佣说，她曾卖掉一幢出租的房子，本想做点什么买卖，但那房子里住了三户人家，那些人根本就不想搬出去。

这名女佣如此这般的身世毫不足奇。现在更是数不胜数。

然而，百子简直无法相信，自己眼前这个从脸蛋到嘴角都很漂亮的女人，竟会是有上述经历的未亡人，因此便轻轻说了一句：

"还是结婚吧！"

"真是傻话！年轻人多得数不过来，早就说好中年男子也行的，可谁还会偏偏讨上三个累赘哩！再加上在旅店这种地方看到的，净是些男人们见不得人的那一面，早就够了！"

"还是找个喜欢的人为好。你一个人就是干得累出病来，在如今这世界上也不会有人说你好的。"

"确实是这样。小姐给介绍一位吧。"

海军大佐的女儿也讲起这种玩笑话来了。

然而，令百子自己暗暗吃惊的是，自己确实好像是在劝这位海军士官的未亡人去给人家当个姨太太似的。

更令人吃惊的是，百子刚才讲那句话时，脑子里竟忽然想到了启太的父亲青木，觉得他倒是个合适的人选。

青木是独身一人，即使这件事能够办成，对任何人也都不会带来什么麻烦。这名女佣也许还可以养好胸部的疾病。

不过，这念头实在是有点过于异想天开了。

对女佣的同情怎么竟会使自己想到启太的父亲呢？女佣和青木看上去都是很正派的，百子觉得反倒是突然将二人联系到一起的自己有些不正经了。

"不过，还是应该珍视你最宝贵的东西哩！你庆幸自己珍视的那一天肯定会到来的。"百子态度变得很亲切，"尽管我不知道什么是你最珍贵的……"

"嗨，有什么可珍贵的呀？但话又说回来了，能关心我说这些事的，还只有小姐您呢！我能有机会伺候小姐您住的房间，不知为什么心里特别高兴，还想着是因为小姐长得漂亮哩。"

女佣将百子的围巾叠好，把大衣收拾起来，拿着用过的湿毛巾出去了。

百子手里拿着泡好粗茶的热茶杯,呆呆地怔了一会儿。

"姐姐!"竹宫少年自己闯了进来。

少年打开拉门,原地不动站在那里。头发长得很长。

"阿宫?……"百子平静地招呼了一声,"快过来,请坐嘛!"

少年规规矩矩地跪坐在桌子对面。突然显得消瘦的鬓角看上去特别刺眼。

"姐姐,我来了。"少年只讲了这五个字。

"噢?欢迎呀。"百子好像有点晃眼似的,"阿宫,你到医院去看麻子了吧?"

"嗯,去过。"

"干吗去了?"

"还姐姐的项链……"

"项链我收到了,但我的东西还是应该直接还给我嘛。跟妹妹毫无关系嘛。"

"对。另外我还想跟麻子小姐道别的。"

"道别?……道什么别?……"

"跟这个世界告别。"少年爽快地讲了实话。

"是吗?阿宫准备去死么?"

"是的。"

"听你这么说,我是不会怎么感到吃惊的,所以你才去吓唬妹妹的,对吧?"

"那倒不是。不过……"

"不过,竟越过我先跟妹妹去告别,这岂不有点怪么?麻子是个对什么都爱同情的人,所以你才……"

"我根本不需要什么同情。只是想表示感谢的。"

"阿宫还有什么要向麻子表示感谢?"

"即使我死了,也希望她能好好地活在人世上,这样我就高兴了。因此,才去看看她的病怎么样了。"

"是么?"百子内心立时平静了,"这就是说,阿宫很高兴麻子能好好活在世上,因此才来杀我的?"

"对。"少年点头表示赞同,清澈的眸子闪闪放光,"我已经没有任何顾虑了。反正一切都无所谓的,对吧?"

"对。也许一切都无所谓啦。让你给杀死也没关系的,可是,阿宫,你是杀不死我的呀!为什么这么说呢?因为我是个女人,已经多次考虑要自己去死的,所以……"

"姐姐这是在嘲笑我哩。"

"阿宫,有句话我一直想找机会跟你说呢。阿宫在搞同性恋吧?我心里是清楚的。你为什么不去杀那些同性恋的对象,而专门想来杀我呢?"

竹宫少年没有回答。

"还是好好活着当个男子汉吧!这就是我的临别赠言。搞同性恋是根本不会有孩子的。"

然而,少年对百子讲的话并没有做出积极反应。

"如果死在这里,阿宫一辈子就完啦!"

"我就是不想被姐姐甩掉。"

"是么?那么,为什么一心想把我杀死?而且还是使劲勒住脖子?……阿宫经常做出使劲勒我脖子的架势,所以……"

"我下不了手。我知道我下不了手。"少年一面说,一面晃晃悠悠地站起身来,走到百子身后将一只胳膊搭到脖子上。

百子并不反抗。

"姐姐，可以吗？姐姐如果感到痛苦或讨厌的话，尽管直说嘛。我会松开手的，所以……"竹宫的手在发抖。

"真是个怪孩子哩。叫我看看你的脸……"百子这样说是因为在想肚子里的孩子是否像这个少年。

少年顺着百子右肩把脸伸过来，眼泪马上吧嗒吧嗒地掉到桌子上。

百子闭上双眼。

但少年的手腕好像仍在往上卡住咽喉，而且感到似乎在真的用力。

"阿宫，别乱来！阿宫！"百子喊叫的声音都嘶哑了，"阿宫的孩子……阿宫的孩子在我肚子里呢！"

不用说，少年的手腕松开了。但百子却为自己的话意外地羞得满脸通红，眼前的竹宫也登时变得可爱了。

"孩子？"少年把脸贴到百子背上，"撒谎！明明在说谎嘛，什么孩子，我不还是个孩子吗？"

"阿宫不是孩子啦。"仿佛有股热流从竹宫脸上渗进脊背里，百子心脏跳得更剧烈了，"我母亲就是在生下我之后死去的，难道阿宫是想在那之前把我杀死么？"

百子不禁充满了柔情。

"姐姐，是撒谎吧？"少年又重复了一遍。

"不是撒谎。这种谎怎么能随便撒呢！"

"哼！"少年的脸和手都离开了百子的身体，"姐姐，不会是我的孩子吧？肯定不是。不是我的孩子嘛。"

"什么？阿宫你……"百子仿佛被泼了一瓢冷水。

"是这样吧？姐姐，不会是我的孩子吧？我还是个孩子嘛！"百子冰冷的心颤抖起来。

"是呀！是我自己的孩子。不是阿宫的孩子……"

"讨厌！"竹宫站起来，从五六步远的地方望着百子的背后，"姐姐在扯谎……我不会上当的。"说完又双手捂住脸，"啊——"地叫了一声便从屋子里跑出去了。

百子一动未动。

百子想起了第一次被启太拥抱，又被使劲推开时的感受，当时真好像掉进了说不出是憎恨还是悲伤的无底深渊。

而竹宫少年究竟是出于嫉妒才不辞而别，还是因为害怕才逃跑的呢？

"我还是个孩子嘛！"只有这句令人感到不是滋味的话还冷冰冰地回荡在百子耳朵里。

二

青木家新茶室里，客人只有水原和百子两位。

水原那次从银阁寺、法然院返回时已顺路来这里参观过茶室，所以关于设计方面的问题已没什么好说的了。

"不过，说起来倒是怪有趣的，竟然由设计者自己带头穿着西服进来了。若都照此办理的话，贵茶室的设计也该……"说到这里，水原又扭头望着百子，"这次倘若麻子也能成行的话，那孩子也会是一身西装哩。"

"没关系。因为主人就是这个样子，是一套怪礼法嘛！"青木笑了，"前些日子我在家具店听到一个故事，说是有一个人开始讲究起茶道来了,特别特别想当一次客人。于是便一边看参考书,一边实习茶道的礼仪做法。师傅在水房里一一进行指导训练。据说这人很胖,是个大块头。听说有一次取下锅盖放到一边时,由于用力过猛,竟然把那用'黄濑户陶瓷'还是'美浓织部瓷'制作的锅盖架给压了个粉碎。"

水原也随声附和似的说道:

"这力气可怪大的。真是前所未闻。"

"是啊。本是东京人士,但很快他的大名连京都给轰动了。"

"不过,毕竟是个能把锅盖架压碎的人呢!"

"确实不错。比如说我吧,就是让我去压碎,我也是办不到的呀!"青木使劲往锅盖架上哐哐当当地放了几下,"说到西装,在这边曾问过'裹千家'的正宗传人,据说近来到正宗本店来的客人几乎都是西装哩!而在战前,若是身穿西装钻进正宗本店的大门,那就会显得不伦不类,不懂规矩了,客人自己也会感到十分丢面子的。不过……"

"尤有甚者,听说最近在银座那些不良少年中学茶道竟然很时髦哩!有的不良少年到银座的家具店看见志野茶碗便问:它原价是多少呀?"

"我们大概也跟他们差不多啦!明明在战争中被夺走儿子,烧掉了房子,躲到了京都,还想请人给盖什么不合时宜的茶室,谁知在朝鲜又开战了。"

"不过,尽管有人说千利休是桃山时代的人,其实他还是生活在战国时代嘛!所以……歌人吉井勇才会有那么一首歌嘛。"

"千利休那个时代是没有什么原子弹的。或许请人设计防空壕比茶室还要晚呢!"

"作为一名建筑师,我是见到过广岛、长崎被炸后那副惨状的,但若用同一目光来看京都,即便漫步在街头也会心惊肉跳的。那些建成死胡同的小巷子,在原子弹面前其后果不堪设想啊。"

"很可能会是这样的。对于这种可怕的后果,人们正吃着'汤豆腐'什么的在乖乖等候哩!所以……"青木一边按茶道礼仪点茶一边说道,"南禅寺的'汤豆腐'店很近,所以我经常一个人到那里去。坐在荷花已经枯萎的泉水边的坐榻上,一小口一小口地品尝着滋味,不知不觉之中红叶飘落下来,太阳也下山啦!简直都忘了自己家就住在附近了。由于养成了自酌自饮的怪癖,即使到茶馆里也会情不自禁地发起呆来,有时竟自己动手灌水倒茶,实在是出够洋相的了!"

壁龛里挂着《过去现在因果经》,一共有十八行。知道是青木在京都得到的,水原曾说过想看看的。

"因果经还是令尊订下的呢!"青木冲着百子说道,"因为壁龛里若挂上天平文化时期的画经,就我们家的家具来说,实在是无法匹配,但这都是令尊的责任了。当然,令尊一向就是精于茶会的,所以打破正常格调也许反而会显得更有趣呢。"

"公元八世纪日本的画经能收藏在自己设计的壁龛里,这正是一种不可思议的幸运。"

"今天还想过挂佛画如何,不过也可以用来供启太嘛。趁着百子小姐也在场……"

望着那些朴素可爱的近似偶人般的彩绘小佛像,百子心头不禁一阵阵发紧。

青木一面用茶刷给百子点茶,一面说道:

"后来看到启太的日记等东西时才发现,里面有很多地方讲父亲不理解子女、没有很好地认识子女的真正价值,这正是留在奔赴死亡的子女心头里的遗憾,好像很凄凉很寂寞的样子。父母子女之间可能就是这样的吧!"

"也许是这样的。比如我和女儿之间在很大程度上可能就是这样的呢。"水原两眼不瞧百子答道。

"哪里,如果这两个人都还活着的话,那情况就完全不同啦!"

"那又怎么样呢?"

"当着百子小姐的面讲这话可能有点不合适,但我还是想问一句:在启太尚活在人世的时候,水原先生承认过百子小姐和启太之间的爱情吗?"青木仍旧低着头,把茶碗放到百子面前,"请!"

"谢谢。"百子以跪坐的姿势向前挪动了一下。

水原有些语塞地说:

"啊……听您这么一讲,我也并非完全毫无所闻,但这个问题嘛,也可以说当时完全是听凭百子的自由吧……"

"是这样吗?那么,也就是说,好像是得到承认的了,谢谢!"

"哪里。"

"我是几乎一点都不知道的。这也是不理解子女的一个表现……不过,就仿佛等于是启太死后才承认的……实在是太随心所欲,太不顾及他人了,并因此给百子小姐添了大麻烦。因为这究竟算是为犬子祈冥福呢,还是叫父辈的忏悔呢?反正就好似是在令人与死人打交道嘛!今年春天在左阿弥第一次见到时,本来就想向百子小姐致谢和表示歉意的,并想请百子小姐把它当作已经彻底过去、不复存在的事情。百子小姐当时曾说:根本不会彻底过去的,这句话一直留在我的心里呀。"

"如此说来,我也就明确承认百子是爱过府上启太少爷的吧！"水原说。

"谢谢。不过，水原先生也好，我也好，都是在启太死去之后才……"

青木用胖得圆乎乎的手擦了擦茶碗。

晚饭决定重新回到日本式客厅里去吃。要观赏庭院里的红叶，还是日本式客厅最好。

吃的是辻留餐馆的怀石料理。

百子心乱如麻，根本没吃出什么味道。

水原脚上拖着院子里专用的高齿木屐走到下面的庭院里，又马上朝茶室那边走去。

"房子旁边矮墙的茶梅开花了呀。"耳边听到有人说道。

青木仿佛不经意似的望了望百子，嘴里说道：

"百子小姐，请在京都待几天吧！"

"好的。谢谢！"

"夏二好像时常到府上去，承蒙您关心啦！"

"是呀。好像又是要过后才能得到您承认似的……"

"哪里。我明白了。"青木两眼显出与年龄很不相称的炯炯有神的目光，然后又暗淡下去了，"百子小姐，难道您有什么忧虑的心事吗？"

百子的脸一下子变得通红，以为被人看出来了。

"啊，没关系的。凡是别人身上发生的事，一般情况下我都愿意帮着出出主意。您尽管说好了。我已经对一切都司空见惯了。这么说好像很了不起似的，实际上却跟慢性自杀相去无几哩！"

百子把放在膝上的手合拢起来收到小腹上。

河岸边

一

"区区小事之所以能使我们得到安慰，恰恰是因为区区小事能使我们陷入烦恼。"

百子无数次自言自语地重复着这句话。

心中想把一切的一切都当成区区小事。

难道竹宫少年之死也是区区小事吗？

百子没有生出竹宫少年的孩子，莫非这也算区区小事吗？

眼下，百子之所以还能这样活着，完全是由于百子的养母，即麻子的生母事前将氰化钾换成砂糖的缘故。仅此而已。一件多么小的区区小事啊！

"一旦重病在身，感到死之将至时，人就会情不自禁地产生一种深刻反省的心理，并能醒悟到以前认为重大的问题其实并非如此。"

对这句话百子也早就知道。

所谓重病，恐怕不仅限于肉体上的疾病，对于心灵上的疾病恐怕也是适用的。

百子就曾多次有过很重的心灵上的疾病。眼下就有。自打生母死后就始终没治愈过，再加上恋人启太之死，对于本来就已经很重的心灵上的疾病，岂不等于是雪上加霜吗？

　　大凡人世上的话语，不，甚至还包括上帝的话语，大抵都可以按自身一厢情愿的意思去加以解释。而且，不管你陷入多么艰难困苦的险境窘境，都可以找出数不清道不尽的对你有利的话语，为你辩护，为你解脱。

　　然而，话语要成为痛切的实际感受，必须在痛切的亲身体验中才能奏效。

　　启太第一次拥抱百子并把她用力推开时曾说：

　　"什么呀！根本不中用嘛，你这个人……"

　　当竹宫少年从百子那里知道"阿宫的孩子在我肚子里"时，也曾丢下一句话就逃掉了。竹宫说的话是："那不是我的孩子嘛！我不还是个孩子吗？"

　　这两句话是很可怕的，其可怕程度只有当事人百子才能听得明白。

　　而这两个人统统都死了。当真就像遭到自己那句话的惩罚似的……自己那句话恰似在宣判自己的死刑……

　　启人在战争中死去，而竹宫少年则纯属自杀身亡。

　　若再加上死在百子肚里的孩子，总共为三条人命。

　　"不过，如果说启太战死责任不在我的话，那么，阿宫的自杀或许也不该由我负责哩。"百子曾这样自言自语地说给自己听，"启太死时，我自己也曾想过去死的……之所以因吃砂糖而获救，根本就不是我的过错呀！即便在阿宫临死之前，我也曾主动让阿宫把我杀死呀！勒住脖子的手腕之所以松开放我一条生路，都不是由我做主的嘛！"

　　不管是谁的责任，也不管不是谁的责任，总之，一条人命毁于一旦是实实在在的事实。

然而,百子还活着。

"君乃非当毙命之人……"

百子多次冲着自己唱歌似的放声背诵这句话,每次都用心灵去细听其中的回音。

这是诗人生田春月歌颂恋人诗歌中的一行。生田春月因陷入爱的烦恼之中,最后投入濑户内海自杀身亡。

> 君乃非当毙命之人
> 君乃生命所恋之妻

这是诗人自杀前留给那个女人的绝笔。

"君乃非当毙命之人。"

百子在竹宫少年死后想起来了,少年似乎曾对麻子讲过类似的话语。

"即便我死了,只要那个人还活着,我就会感到高兴的。"

当听到这句话时,百子还责备过竹宫,并反问道:这么说,你是来杀我的啦?但在知道少年已死的消息之后,这句话便越发鲜明地印在了百子的记忆里。

而且,在百子内心深处,这句话甚至使百子重新回顾起自己生母自杀那件事。

在这与母亲自杀密不可分的冷酷世界里,百子对启太和竹宫二人之死既不感到有罪,也不感到悔恨。只是对水原好像有满腔怒火。

但是,毕竟有两个百子曾委以青春女儿之身的男人死去了。

二人都不是自然死亡，均属死于非命的夭折。叫人究竟该怎么说呢？

更何况，对于二人来说，都是在女人尚未完全委身的情况下结束其一生的。这究竟该算什么呢？

百子毕竟与当今属于麻子年龄层的一代人不同，麻子也许读过《圆满的婚姻》和《查泰莱夫人的情人》等小说，即便麻子是这样一个女孩，百子心中也清楚，自己的心情麻子是根本不可能理解的。

但出乎意料的是，竹宫少年自杀的消息竟是麻子来信告知的。

看来麻子很费了一番心思，信写得颇像一份简洁的报告。

信中说，竹宫少年是在箱根山里死去的。

有一条可以想见，竹宫少年选择的是一个与百子有关的地方。

百子曾带着竹宫在早春去过芦湖，在初夏去过强罗，大概正是由于这个原因，少年才在其中的一处山里死去的，但麻子信中却只提到箱根二字。

少年没有留下任何字据，其中也包括遗言和日记。

也许写过，但后来又撕掉了。不过，从死前一封信也没给百子寄过这一点来看，很可能根本就没写过。仔细一想，竹宫本来就不是那种记日记的性格。

百子方面也是这样，连一张明信片都没给竹宫寄过。实在奇怪得很。

难道维系在二人之间的关系也是这样奇怪的么？

完全可以这样说，没留任何字据是很符合竹宫少年的为人的。

尽管这一切好像有点太玄虚莫测，但反过来也恰似使该少年死后的一切变得清白、丰富，变得更强有力而确凿无疑了。

百子心里也很清楚，凡死人所写的遗言之类，大多都是伪装骗人的，纯属自作聪明以假乱真的虚妄之举。

任何动物和植物都是无声无息走向死亡的。岩石和水也不例外。

百子也是这样，在把砂糖当成氰化钾吃进肚里时，并没有留下遗书。连过去的日记之类也都统统烧掉了。

"阿宫什么都没说哩！"

百子一面看妹妹的来信，一面因少年的无声无息而合十祈祷，而且流出了眼泪。

"阿宫家里的人可能还会觉得缺点什么吧。不过，对我来说这样就很好了。阿宫，谢谢你！"

麻子信里希望，百子暂时还是以不回东京为好。

"好聪明的小姐，谢谢您的提醒。您大概是不会杀人的。"

麻子说她已到竹宫墓前去过。

"为了什么呢？……是代替姐姐……还是为姐姐赎罪？"

据说，用的是祖祖辈辈沿袭下来的陈旧石碑，对这个美少年来说很不相称。

少年已深入到百子的身心之中。正在抚摸着百子的肌肤。少年的胳膊仍使劲地勒在百子的脖子上。少年并不在坟墓里。此刻早已无影无踪了。

但是，对于百子来说，另外还有一件令她毛骨悚然的可怕事件。

是不是在竹宫的孩子离开百子身体死掉时，作为那孩子父亲的少年也在同一时刻命赴黄泉的呢？

关于少年自杀的日期和具体时间，麻子来信根本就没有提到。

然而，百子脑海里突然掠过一个令人吃惊的念头：

"也许，阿宫就是在那个时候死去的呢！肯定是这样的。"

当时，从百子身体里有血流出来。一个生命被毁掉了。

虽说还不知道那婴儿究竟是男是女，但父子天各一方，一个在箱根，一个在京都，却在同一时刻彼此呼应而死；假定确系如此的话，又该是一个多么神秘的巧合啊！

倘若黄泉有路的话，那个颇带女人气味的少年父亲，肯定会怀抱尚未成形的一摊血的婴儿踟蹰前行的吧！

"我还是个孩子嘛！"尽管父亲口里还在这样嘀咕着……

百子确实也曾高傲地把竹宫当成尚未成年的孩子，因而才有了疏忽大意的地方。百子做梦也没想过要有一个竹宫的孩子。

这个少年还远不是做父亲的时候。

对于要这样的少年也去当父亲的大自然的生命力，或者说造物主的天意，百子深感吃惊，犹如遭到了神圣的鞭挞一般。

然而，百子还是拿定了要生的主意。自然，作为父亲的竹宫是不能指望的。只当成是自己一个人的孩子好了。而且她早就做好了离开父亲家的思想准备。

原先甚至连要不要向竹宫公开都拿不定主意，但这毕竟是无法隐瞒到底的事。决意与少年分手之后才发觉怀上了孩子，这也实在是对人生的一大讽刺。

由于被少年勒住脖子，也由于确实很痛苦，所以才冷不防吐露真情的，谁知百子突然间又觉得孩子的父亲令人怜爱了。

百子早就知道，竹宫听后会大吃一惊。料定他是不会轻易相信的。

然而，竹宫却说：

"不是我的孩子吧！我是不会上当的。"

竹宫竟会对自己表示怀疑，这倒是完全没有想到的事。

可是，经竹宫这么一说，那怀疑也似乎不无道理。百子既无法做出确切的解释，也无法提出铁一般的证据。

在少年里不知算第几个的竹宫，也许跟他前面的西田少年一起，早就在心里把百子看成妖妇了。竹宫开口便表示怀疑也许是很自然的，因为他认为该是一个比自己更接近成年人的人的孩子。

一直居高临下望着少年的百子，由于肚里怀了孩子，位置立时颠倒了，在别人眼里就好像降到了少年以下。

百子感受到了女人的弱点。简直无法忍受。

就跟第一次被启太拥抱又马上被用力推开一样。这不由得使百子想到，难道是命中注定自己要成为受男人无情虐待的女人吗？

竹宫的逃跑完全是可憎可恨的男人的一意孤行。孩子怀在作为女人的百子的肚子里。

不生孩子恐怕要算作女人的自我保护，是对男人的一种报复吧！

百子在医院里接到了麻子的来信。

不过，竹宫的出走并不属于落荒而逃。他死了。也许可以算作逃跑，但他是自己死的。以死给百子留下了一个谜。

少年说不会是自己的孩子。也许是出于这种猜疑和嫉妒才自杀的吧。

当然也不排除另外一种可能性，即竹宫声言不是自己的孩子，完全是符合他古怪个性的羞愧心理的表现，并不是真的在怀疑百子。也许是即将当父亲的惊讶和恐惧使他把自己从地球上抹掉的。

"是姐姐一个人的孩子嘛！我只不过是个幽灵或幻影。"

少年嘴里突然冒出这种话来，说明他早已不像这人世上的一员了。

百子已无法将竹宫看成是自己孩子的父亲，因此，她也感到这孩子是一个奇迹,就像圣母玛利亚受孕一样,是自己独自为上苍所赐予的。

自己竟然要当母亲了,这也是完全出乎意料的,简直就是个奇迹。

百子因毫无思想准备的怀孕而感到惊愕和困惑,其间也曾萌发过这种神圣的慈母心理。所以,当她在京都旅馆里突然听到竹宫少年的那番话时,所受到的打击实在太大了。

更何况,百子住院又是启太父亲一手安排的。

"百子小姐是不是什么地方不舒服啊?好像很疲劳的样子嘛!若在京都得了病,那就是我的责任了。我有一位老朋友是著名医生,趁他到这里来的机会,还是把身体全面检查一下吧!"

青木并无特别所指地说道。水原也附和说:

"是啊。那么结实的麻子,肋膜还出了毛病呢!所以……"

青木带医生到旅馆来看了一下,并约好第二天再到医院去检查。百子简直无法抬起头来。

医生说,怀疑肺部和肾脏有问题,再加上属于强度神经疲劳,所以让百子过几天住院再仔细进行检查。并没有马上指出是怀孕。这位上年纪的医生已经心里有数,只是为了不使百子丢丑,已在不知不觉之中让她知道怀孕对母体是不适宜的。

百子也感觉到了,一切都是在包括启太父亲和自己父亲在内的大人们谈妥的基础上进行的。但自己也只好乖乖地听从安排。百子心里明白,什么肺部啊肾脏啊,一开始就都只不过是借口而已。

关于怀孕和手术的事,青木和水原都只字未提。百子暗想,实在是够老于世故的了。二人都做出一副毫无所知的样子。在动手术前后的那几天里,也根本没给百子打过电话。

也就是说，一切都是在暗中悄悄了结的。

百子现在更加明确地知道了，自己简直就是个孩子，到底斗不过那些大人。若在往常，对大人们的这种策略，百子肯定会做出激烈抗争的，但现在实在是太疲倦了。失去孩子以后，越发变得六神无主了。

医生只说是神经疲劳，看来大体上还是对的。

在医院用的被褥衣服等都是从青木家借来的。

"真没想到贱内死了这么久，她的东西现在又发挥作用啦！尽管我吩咐他们尽量找漂亮一些的，但都是老早以前的东西了，所以都素朴得不成样子，请多多包涵。不过，这些古色古香的图案一穿到现代人的身上，反倒显得别具特色呢！"说完，青木便仔细打量起百子的装束来。

自己已战死的儿子的生前的情人，现在又怀上了一个未成年的少年的孩子，青木对她给予了骨肉至亲般的关怀和照料。而百子对采取这种态度的青木却并不十分理解。

但是，尽管百子自己一直在存心隐瞒，但父亲和青木也还是知道她已经怀孕了，并且很可能在背后就某些事做过商量。每当想到这里，仅此一点就足以使百子在青木面前感到羞愧难当了。

自从有孕在身以后，一种女人特有的羞怯总是令百子心头暖乎乎的；就是在失掉孩子以后，这种感觉也还依然存在。

二

水原返回东京的日期也被推迟了。

与其说是因为百子住院，还不如说或许是由于竹宫的自杀。

随着时间的推移，还没过多久百子就感到后悔了。她觉得，若早知道竹宫会死的话，还不如把这个少年的孩子生下来更为妥当。

这一无法弥补的孤苦寂寥又该算作什么呢？

百子怀的孩子的死，是不是成了他父亲竹宫之死的诱因呢？这种奇怪的疑虑和神秘的恐怖宛如刑罚一般死死地缠绕着百子。

"姐姐，可不要抛弃我呀！"

经常把这句话作为口头禅的少年，早已成了无须抛弃之人了。

无论竹宫是爱着百子死去的，还是憎恨着死去的；或者说，在外人眼里看来，无论是百子在跟少年戏耍也好，还是百子在玩弄少年也好，反正统统都成了过去。而事到如今，这一切却又只好由幸存者自己来全部承担了。

竹宫也跟启太走上了同一条路。或者说，竹宫也跟百子死去的母亲走上了同一条路。死者并不存在创伤问题，心灵的创伤只属于幸存者。

按说百子只需三四天便可以出院，谁知身体却一下子垮了下来，医生大吃一惊。真好像有了先见之明，起初估计的神经疲劳后来竟变成了事实。看来很可能是，先前硬撑着的精神支柱已经彻底垮掉了。

水原往医院打来电话，说是准备后天回东京，所以要来探望百子。听到这里，百子连忙反复说道：

"请不要来。求求您了，请不要来……"

"是吗？不过呢，总不该不看看你就回去吧！喂，百子，是不放心吧？"

"没什么不放心的。我只是现在不想见到您，只想求您让我悄悄地安静一会儿，您会理解的吧？爸爸，请您原谅。"

"噢？反正还要折回来接你的，这样也好。只是……由于工作原因我来不成时，就要打发麻子来了。"

"麻子？喂，爸爸，不要麻子。我一个人能回去的。"

"是啊，一个人能回去。不过，这样就成了好像责备百子的架势了，恐怕未必合适吧？"

"没关系的。若是有什么值得责备的话，我自己会责备自己的，所以……"

"这些事嘛……电话里不好说。我还是去一趟吧！"

"千万别来！我是妈妈的孩子，所以……"

父亲仿佛深感意外，话筒里没有一点儿声音。

"喂喂，现在这个时候如果见到父亲，很可能会随口说出令人讨厌的话来，我对自己还烦得不行呢！"

父亲终于理解了。

水原回东京的第二天，启太父亲到医院来看望百子。

百子连涂口红都没来得及，嘴唇上没有一丝血色。她的面孔绷得紧紧的。但青木却仿佛什么也没发觉似的，脸上挂着明快的笑容。

"怎么样啊？麻子小姐来了封信，顺便给百子小姐送来。"

青木伸出胖得圆乎乎的手，将信封交给百子。

"谢谢。"

"令尊是昨天回去的。送行时嘱咐我要好好照料百子小姐，我当时说，哪里，倒是要请百子小姐对我多加关照哇！也就是说，就等于是向水原先生谢罪了。"

"是吗？"百子淡淡地应了一句，仿佛事情根本与己无关似的。

"另外，今天问了一下医生，说是百子小姐已经可以出院啦！

时间随意，什么时候都行。"

"啊？"百子不由自主地望了望青木，随后又低下头去，说道，"我自己也是这样估计的呢。"

"这太好了。"青木点头说道，"从这里出去以后，请到我那里好好休息一段时间吧！因为听说水原先生要亲自来接的。"

"谢谢！"

大人们究竟是在怜恤宽慰百子呢？还是百子在受到不失体面的对待呢？百子简直无法做出准确的判断了。一想到从前都是自己随心所欲地打发时光，而来这里后却任凭大人们摆布时，百子心里便有一种按捺不住的怒火。

"马上就要到人人皆知的冷得钻心的季节了，不过晚秋初冬的京都也还是蛮不错的。甚至有人说，京都还是冬天令人喜欢。"青木很亲切地说，"请在京都也赏赏雪吧！"

百子把目光移到窗子上，口里说：

"若从这里出去了，真想到西山去一趟呢！从这扇窗户每天都能让人看到西山的晚霞，所以才有这个念头的。"

"是吗？今天也有晚霞哩。"青木也说道，"是准备从岚山往嵯峨那边去吧？提起岚山，人们脑海里就会浮现出樱花呀红叶呀这些乱哄哄的场面，好像是个很俗气的名胜景点，其实在没有游人的冬天到那里一看，我觉得还确实是个好地方呢！大概是今年五月份吧，我一个人从天龙寺院背后登上龟山公园，又沿着小仓山峰顶那条路穿过去到了北嵯峨。这条路线对百子小姐来说，也许还有点吃力哩。"

百子将睡衣领子紧紧拢上。百子身上穿的宽袖棉袍和套在外面的短裀统统都是青木妻子年轻时的衣服。病床上的被子也不例外。

一想到这也是启太母亲的衣物，百子简直就无法抬起头来。

"我要回去了,百子小姐还有什么事吗?"

青木从椅子上站起身来。百子忽然叫住青木说道:

"青木先生,我们有个妹妹在京都,这件事您听家父说过吧?"

"听说过。"青木扭过头来,"就是那位称作大姐的人我也见过呢!"

"是位艺伎吧?"

"对。"

"我有一种感觉,麻子这封信里,肯定写了京都妹妹的事。"百子欲言又止地停了一会儿,"能不能让我也见见那位妹妹呢?"

"啊?由我?……是啊,可以吧!我跟对方讲讲,无论如何设法让你见上一面。"青木说完便走了。

青木走后,百子这才打开麻子的信。然而,信里并没有写京都妹妹的事。麻子好像连百子住院也不知道。

估摸父亲现在已经回到家里,但很可能并没有对麻子讲百子的事。

百子出院后便住进了青木家,同时将青木当时借给她的被子、脸盆等衣物行李也带了回来。

两三天后,百子跟青木到岚山去了一趟。在横跨桂川的渡月桥前下了车。

"我在电话里说好了,要在傍晚前后到杜鹃料理店去。现在好像还有点早,我们先到对岸去走走吧?"青木望着百子说道。

百子点了点头。

"我记得小时候曾吃过美味的竹笋,那家就是杜鹃吧?……"

"很可能是杜鹃料理店。"登上渡月桥后,青木边走边说道,"百子小姐住院期间,我曾看过一部叫《四项自由》的电影,脑海里留下了奇妙的印象。这是一部描写战争的影片，讲的是美国曾为四项自由[1]而与德国、意大利作战，并取得了胜利的故事。影片最后表现希特勒和墨索里尼这两个独裁者都是与其情妇一起死掉的。希特勒是在官邸地下室自杀的，因而没有见到尸体。然而墨索里尼却是在企图逃往瑞士时被抓到的，影片里映出了被绞死后他和他情妇的尸体。长着一副大脸盘的墨索里尼死的时候还睁着眼睛，看上去似乎有点就要腐烂的样子。再加上这两个人的尸体都是头朝下被吊起来的，墨索里尼情妇上衣的下摆翻卷开了，露出腹部，一直耷拉到胸口那里。"

---

[1] 指1941年美国总统罗斯福提出的"言论自由""宗教信仰自由""摆脱贫困自由"和"摆脱恐怖自由"。

彩虹之路

一

那样两个独裁者都是与其年轻情妇一起命归西天的，对此启太的父亲好像既感到吃惊又颇受震动。

"当时差一点就要把眼睛遮起来了。因为已经露出了墨索里尼情妇的肚子。电影里的镜头是，头朝下吊着，上衣的下摆是从高处往下滑落下来的。正担心会裸露到什么程度呢，刚好到乳房下面就停住了，我这才松了一口气。不过……"

百子仿佛有意与青木保持一定距离似的，走到桥一侧栏杆旁停住了脚步。

"啊，对不起！"青木似乎已有所察觉，但仍继续说道，"那镜头实在是惨不忍睹，心里真吃不消。然而，在这种情况下，所谓吃不消似乎有两层含义。一层是残忍残暴，目不忍睹……；另一层是，从墨索里尼那种凄惨而死的情景中，让人感受到一种比生的执着还要强烈得多的对生的大彻大悟般的东西，因而我认为日本人是无法承受的。实在是了不起啊！"

青木似乎言犹未尽，随即感慨道：

"就像我们似的，又是建茶室，又是观赏冬季的岚山，照这样下去，简直不可救药哇！"

"可是，这会儿根本就没人来观赏岚山呀。"

除了青木和百子二人外，渡月桥上没有一个行人。

"然而，红叶过后岚山也还是很美的。"

"是呀，一片寂静……"百子两眼望着河的下游，"红松的颜色真漂亮呀！翠绿的松针好像湿漉漉的变成藏青色了哩！"

河流左岸长着一排排松树，右岸则是一片稀稀拉拉松树丛生的平原。

百子是在观赏这些松树，而河对岸岚山上也有很多红松，身后的龟山、小仓山也长满了松树。

河流下游有一个枯草覆盖的岛屿，上面有两处冒着浓烟。

从浓烟上方可以望到市区东部的东山。

"从这下边开始，大堰川就变成桂川啦！上游大概就是保津川吧。只因在岚山跟前用江堰把水位拦高了，因此才叫大堰川的。"青木催促百子似的朝前走去，"百子小姐做过'十三参'[1]吗？"

"没有。"

"估计在关西还是蛮多的呢！'十三参'的日期是每年的三月十三日，正是这里樱花盛开的季节。所以，每年的这一天，法轮寺虚空藏菩萨那里热闹着哩！"

渡月桥是由北向南架在河上的，前面正对着岚山山脚下不高处的法轮寺，寺内的多宝塔仿佛涂着十分鲜艳的颜色，格外鲜明地耸立在眼前。

青木又讲到了有关被称为"三船祭"的船节故事。据说，在日

---

[1] 阴历三月十三日，凡年届13岁的少男少女，华服盛装，前往京都法轮寺，参拜虚空藏菩萨，以祈智慧、福德等。

本的平安时代，宫廷里的人要在这条河里驾上三只分别为诗、歌、管弦的船游玩。而后人为了沿袭这一高雅遗风，每年在万物吐绿的新春季节都要举行被叫作"船祭"的节日。到了秋天满山红叶的时候，据说还要出动天龙寺船和角仓船等。

然而，冬天里河水的颜色却很难令人联想起划船游玩的情景。由于被堤坝抬高了水位，河面上异常平静，深得根本看不到水在流动，因而越发显出冬天的景象。

走过渡月桥后，青木马上说道："再往前走走吧！"便沿着河边拐上了右侧的一条小路。

这是一条可以观赏岚山的路，但照样不见一个行人。从桥上俯视的河水就近在身边。

"能看到河底的岩石呢！"百子停住脚步说道，"好像很深的样子嘛。然而……"

岩石透过很深的河水清晰可见，不禁给人一种神秘的感觉。一群群小鱼正在那些岩石上方游动着。

"冷了吧？你刚出院不久……"青木说道。

"不冷。多亏您前几天到医院告诉我随时都可以出院，听到后一下子就精神了。"

"不是我说的，是医生讲的。"

"对。算我借故撒娇了。"

"什么？……情况恐怕正相反吧？在我们这些人看来，百子小姐总是过于自己折磨自己了。"

"没有的事。"百子摇了摇头。

"是这样的呀！"青木脸上露出微笑，然后又说道，"是啊，纵使百子小姐的情况可以另当别论，人世上的事情也还是复杂得很哩！有的人分明是在自己折磨自己，人们都说他这不是在自找苦吃吗？谁知事实却未必如此。就我们这些人的经验来看，也有的情况恰恰相反。'人世'这个词完全可以换成'命运'这两个字。因为，倘若把'人世'和'命运'这两个词胡乱等而视之的话，听起来我们这些人就跟凡夫俗子相去无几了，或者说肯定就是如此了；但事实却是，即使再想把个人命运与人世分割开来，最终得到的结果也只能是凄楚的孤单寂寞呢！"

"这……"百子一时竟不知如何回答才好了，"这些话您跟家父也讲过么？"

"讲过一点儿。"

"不过，我可没有折磨自己呀！有时心里也这么想过，但这次总算弄清楚了，根本就没那么回事。"

"可是，百子小姐从不把自己托付给别人吧？"

百子的脸登时红了。羞得满脸发烧。

"托付给别人？……这次承您照顾，实在不好意思，连道谢的话都说不出来了。"

"方才这些话本来是不想讲的，但考虑到百子小姐如果就这样返回东京，还背着自己折磨自己的沉重包袱，这包袱说不定会成为从京都带回去的礼物呢！在令尊和我共同策划下，想让百子小姐活得更轻松愉快一些，对此您不会感到懊恼吧？"

"我只对自己感到懊恼。自己的羞耻还是由自己……"百子声音哽塞了。

"请把这件事托付别人吧！心情也包括在内嘛！"

百子没有回答。

然而，不是已经近似托付过了吗？

此刻百子心头留下的最强烈的东西不是悔恨，而是羞耻。

假定是父亲和青木那些大人让百子钻进了狡猾的圈套的话，那么，明知如此却故意自愿上钩的百子岂不更狡猾吗？对于走投无路时自己的那种狡猾劲头，百子感到死一般的自我憎恶。

而且，不要说父亲和青木，就连自己也对这一切都采取了若无其事的态度。

百子觉得，像现在这样乖乖地跟青木到岚山来，这本身也就恰似那种若无其事态度的继续。

即使出院后住到青木家这件事情，恐怕也是不知道廉耻的女人所能做得出来的。此刻已是失去自我，任人摆布了。

既已任人摆布，索性就彻底任人摆布吧！百子心里也很清楚，这似乎就是青木打算讲的话。

不消旁人指出，百子心里是一片空虚，既无反感亦无反抗。仿佛青木的关心体贴已铭心刻骨，自己已完全紧紧依靠青木了。然而，也有一种青木犹如一团乌云般压在心头的感觉。

"那小子是不该死的呀！我说的是启太哟……"青木说，"死去的人可以获得彻底宽恕。因为他追不上，抓不着，又不受惩罚。而且，不向死者兴师问罪，也许正是那些如今还活着、不久便会死去的人所深信不疑的真理哩！但是我心里总是在想，难道死者就不该承受罪过吗？"

"可是……"百子刚说出两个字又停住了。

启太对百子究竟干了些什么，启太的父亲又怎么会知道呢？

"可是，我母亲也是自杀的呀！您从家父那里听说过吧？"

"听说过。所以说，您那位母亲也好，启太也好，都该承受罪过的。"

"什么罪过呢？……"百子故意反问道。

"生存者的一切苦难……"

"这不等于都要入地狱么？"

"您是想让启太入地狱吗？"

"不。"百子摇了摇头。

"世上也有这种情况，就是为了不使心爱的人堕入地狱，宁肯自己活着下地狱。我有时就这样想过。所谓人世上的罪恶呀苦恼呀之类的，没有一个是人们自己发明创造出来的。统统都是模仿先人，从先人那里继承下来的。也就是说，统统都是死人留下来的传统和习俗嘛！"

"那些小鸟没什么问题吧？小鸟从几千年几万年前就筑着同样的巢……"

"因为小鸟里没有水原先生那样的建筑家嘛。"青木笑着说道，"总之，还是把一切都归罪于死者吧！就像我这样，替启太来向您道歉。但这并不等于要抹杀死者的罪过，我的想法是，在生存者彼此之间还是以礼相待为好。"

"因此您才对我起了怜恤之心的吧？"

"这能算怜恤之心么？"青木降低声音说道，"每次见到白子小姐，我总是要提起启太，因为仅凭此一点我也愿意为百子小姐付出一切。我很想请百子小姐在寒舍观赏京都雪景并一起过年，但……我也曾劝过令尊，哪怕是在除夕那天莅临，正月初一早晨返回去也行。因为令尊曾经说过，每年都是在收音机里听到京都除夕夜钟声的，很想在京都亲耳听一次的。所以……"

"等我回去跟父亲再来好了。"百子模棱两可地说了这么一句。

而实际上，对于把自己交代给青木后便返回东京的父亲，百子也很不理解。是不是胆怯了呢？

或者说，由于根本没让麻子知道百子怀孕的事，因此父亲才把百子带到京都来，并把她留在京都才回去的呢？

百子觉得仿佛已无家可归了。

"虽说还有夏二，但也毕竟是不能代替的呀！因为夏二是夏二，启太还是启太嘛！"

青木似乎还继续沉浸在对启太的回忆里。

河水中岸边小树的倒影映入了百子的眼帘。那是一种什么树呢？细细的枝条交织成网眼般的形状，那些枝条清晰地映在水里。倘若只观看岸上的树木，是很难看清那些错综复杂的枝条的形态的，然而一到水里，那些微妙的枝条脉络就显得一目了然了。树木倒影不是映在河水表面上，而恰像生长在水里似的。虽说是些不起眼的树，但却令人感到水的神秘莫测。

百子好像被吸引住似的望着这一情景，口里说：

"在东京，这么清澈的绿水根本就无法想象哩！"

随后又抬起头向远处望去，对面的青山也映在河水里。一排排密集的红松树干宛如立在水中一般，鲜艳的色彩比在山上看到的还要分明。

长满红松的山脚下，映出河边临川寺的土墙。

"已经完全是一幅冬天的景象啦！"青木也望着映在河里的山峦说道。

"听说，东京前些日子还下了一场冰雹呢。是妹妹在信里写来的。说是冰雹过后还出了一道彩虹，具体地点不知道，但信里说，妹妹当时正走在宽阔的沥青大道上，正前方升起一道又宽又大的彩虹,她就朝着彩虹的中心一直往前走去。"

麻子当时是不是和夏二一起朝彩虹走去的呢?读信时百子心里有这种感觉,现在也仍然是这样想的。然而,对夏二的父亲却没有说出口。

夏二的父亲也就是启太的父亲,此刻自己正跟这位父亲走在岚山背面的一条小路上。换句话说,实际上是达到了可以这样走在一起的程度。对于变化到这一步的自己,百子已经可以回头正视了。

朝前望去,河上游的岩壁和一堆堆岩石已愈来愈近,左岸的岚山和右岸的龟山都同时朝身边逼近过来。

当脚下的路爬高钻进树荫里时,百子停住了脚步,青木马上说道:

"就从这儿返回去吧?"

"好。"

对岸出现一团燃烧枯枝败叶的火堆。一面布旗高高挂在空中。

"那儿就是杜鹃店啦!百子小姐,我已经把您要求见的那位京都妹妹给叫来了,只是……"

"哎呀!是今天么?"百子语气变得尖刻起来,"您为什么不早说就是今天呢?太过分了。这岂不成了突然袭击了么?"

"啊,实在对不起。本来是想让您二位突然相见大吃一惊的,谁知却泄露天机了。"

"真斗不过大人们呢!"

"实在是……不过,因为不敢肯定今天是否会来。刚过中午时曾跟那位大姐提出过,但还没得到回音就从家里出来了,所以……"

百子一声不吭地走在前面。

位于市区东北方向、自古以镇护王城之灵山而闻名遐迩的比睿山上已飘起傍晚的云朵，正东方向的素有东山三十六峰之称的、风光优雅且拥有诸多名胜古迹的东山，则早已隐没在霭雾之中。近处仅一河之隔的以红叶闻名的小仓山附近也别有一番景致，林木间早已是薄雾缭绕了。

二

刚被领进杜鹃店的房间里，百子便"哎呀"叫出声来。

难道京都妹妹就是在舞节上见到过的那位姑娘吗？

若子极为严肃认真地望着百子。

"您认识吗？"青木问了一句。

"嗯。见过面，不认识。"

在百子落座之前，若子和母亲从坐垫上低下头表示致意。

"欢迎。这是若子。"母亲先介绍女儿，然后才说，"我是菊枝。"

"我是水原家的百子。"

"啊……"菊枝再次垂下头去，"这次……怎么说才好呢……"

由于没有下文，青木便冲百子说道：

"其实，我跟这二位也是第一次见面呢！"

"太给您添麻烦了，承蒙您帮忙……真不知该怎样道谢才好了。"

"哪里，既然以前已经见过面，那不是更好吗？"

百子开口问道：

"若子姑娘在南座就知道是我们了吧？"

"是的。"

"根据什么？……"

"从您给大谷先生的名片上……"

"啊，是有这么回事。就是那位小宝宝的父亲吧？"

"对。"

"发现是我们，若子姑娘才逃跑的吧？是吗？"

菊枝有些发窘，便冲女儿说道：

"不该逃跑呀！是吃了一惊吧？"

"没关系嘛！即便是逃跑……我要是若子姑娘也会逃跑的呢！"

"小姐您是不会逃跑的。要是设身处地站在这孩子的立场来看的话，准会难过得肝肠寸断的，所以……今天还说，我可没脸见人，无论如何也不想去哩！照这么一说，我就更没脸见人了，但又不能一个人前来，因此才……"

百子以轻松的口吻说道：

"我也不是家里的孩子呢！您知道么？"

一听就明白，这意思是说：不是在父亲家生的孩子，不是正房妻子的孩子。菊枝将目光垂了下去。

"小姐您还是在府上长大的嘛！……"

"那是因为我母亲已经去世了呀。"

"您还提到那件事。若是我也死了就好啦！"

"好，还是来问一下若子姑娘吧！"百子轻轻反驳道，"这两者之中，哪一种幸福啊？……"

"是啊！若说幸福，那可就有点乱了套了。不过，就算是不幸福，也还是这样更好一些嘛！所以……"

"真是这样吗？比如，要是把若子姑娘接回家的话……"

"根本不可能！怎么能想到这种事呢？"菊枝有些狼狈，似乎还存有戒心。

今年春天，水原也曾主动提起过，菊枝暗想，难道今天又要谈这件事么？

不过，她把在大德寺见水原的事一直埋在了心底。

"难得您把这件事挂在心上，真是不胜感激。不过，还是什么人什么命啊！"

"我不算什么，最关心的还是麻子妹妹哩！去年年底，她还一个人到京都来找过呢！"

"啊……"

菊枝从水原那里也听说过这件事，并且还对若子讲过。

"当时我还说过，幸亏没有找到哇。因为人总是天各一方……"百子望着若子说，"若子姑娘，咱俩这是第一次见面，您能觉出我是姐姐么？……"

"嗯。"

若子低垂着头，满脸通红。

双眉和眼睫毛长得又细又整齐，但头发好像很柔嫩，而且眸子也还是淡淡的茶褐色，显出一副十分令人怜爱的样子。面对如此年幼可爱的若子，百子发觉自己讲了不该讲的话。然而，百子同时也是在向自己提问。

"若子不是第一次啦！"菊枝冲若子说了一句，然后又对百子说道，"自从在京都舞节见到您那时起，就知道您是她姐姐了。所以，我估计这半年多来，她心里一直在牢记您的样子哩！至于能自称妹妹，那只不过是幻想。……"

"完全可以这样去称呼呀！至少在麻子妹妹面前……上一次，如果知道是妹妹的话，麻子不知该多高兴呢。麻子当时对若子姑娘抱的小宝宝就很亲吧？"

"是的。大谷先生很受感动。"若子说道。

"是麻子对大谷先生很感动呀！"百子笑了。

"大谷先生确实很感动。从南座回家后，若子也一再说，那位小姐真漂亮，心真好啊！眼睛也是这么一闪一闪的，夜里都没睡着觉。是吗？那可太好啦！我嘴上这样说，心里觉得实实在在是做了件好事。本来跟小姐身份就不一样，这孩子只能靠自己去历尽人间沧桑，但万一碰上伤心倒霉的事时，或者心情不好时，一想到东京的姐姐就会有精神支柱啦！……这孩子的心情虽然不大了解，但联系自己的亲身经历做个比较，我才有这种想法的。水原先生就是这样的嘛。我老早以前就被先生给抛弃了，尽管如此，我还是从心里尊重先生，一步步历经沧桑走过来的。"菊枝眼里噙满了泪水，仍自顾自说道，"跟东京的姐姐交往也好，当成依靠也好，若子统统都不需要，只求心里存下个心地善良、长相漂亮的美好形象也就够了。"

百子仿佛无言以对了。

"若子姑娘最近跟爸爸……"

"从婴儿时起，有十二三年没再见面了。"

"是吗？"

"到大德寺去看大山茶树那次，当时若子才摇摇晃晃刚会走路呢！"菊枝回过头去看了看若子。

"不记得了。"

"还是跟爸爸见个面吧！"百子对若子说。

菊枝低下头说道：

"说的太好了！既然跟小姐已经在这儿见过面了，下一步还是等待先生的意向吧！我们这面不必主动匆匆忙忙的。若子，……你完全不必害羞……"

百子沉默不语了。

当妈妈要去大德寺见爸爸时，若子眼含热泪一直送到很远的大路上。菊枝想起若子那天的情景，禁不住自己也热泪盈眶了。

青木招呼女佣准备了晚饭。

"碰一杯姊妹酒吧？"青木提议道。

"是呀！"百子犹犹豫豫地说道，"姊妹，姊妹究竟是什么呢？……三个人都不是一个母亲……"

然而，百子还是手拿酒杯催促似的望着若子。

可是，若子竟意外地没有拿起酒杯。

"怎么了？不高兴么？是我的话叫你生气了？"

若子使劲摇了摇头，但仍不拿酒杯。

菊枝也毫无相劝的样子，直瞪瞪地望着若子。

"因为是在艺伎圈子里，所以风俗不一样，都讨厌喝酒碰杯呀。"

"是么？这个节目就免了吧！"百子也放下酒杯。

尽管菊枝的托词很巧妙，但百子还是疑心若子是否真的是那样。

干脆假定若子就是拒绝碰杯，这反倒使百子有一种淋漓痛快的感觉。

"因为没在父亲眼皮底下，所以还是不中用啊！"百子说完蓦地站起身来，口中说道，"岚山大概也早已暮色苍茫了。"随即打开了拉门。

从一片冬季景象的林木之间传来了河水的声音。

（1950—1951年）